Karl-Otto Albrecht

Wie sozial waren die Nationalsozialisten?

Der vermeintliche nationalsozialistische Wohlfahrtsstaat

Karl-Otto Albrecht
Wie sozial waren die Nationalsozialisten?

Karl-Otto Albrecht

Wie sozial waren die Nationalsozialisten?

Der vermeintliche nationalsozialistische Wohlfahrtsstaat

Die Deutsche Bibliothek –CIP-Einheitsaufnahme

Albrecht, Karl-Otto
Wie sozial waren die Nationalsozialisten?: der vermeintliche nationalsozialistische Wohlfahrtsstaat / Karl-Otto Albrecht – Frankfurt (Main) R.G.Fischer 1997
ISBN 3-89501-483-4

1/1997 by R.G.Fischer Verlag
2/2015 by Books on Demand (überarbeitet)

2. Auflage

Herstellung und Verlag:
BoD - Books on Demand, Norderstedt

ISBN 978-3-7386-7090-5

Tröglitz 2015

Meinen Eltern, die diese Zeiten erlebten und überlebten.
Allen Unglücklichen, die diese Zeiten nicht überlebten.

Inhaltsverzeichnis

Danksagungen/Acknowledgements

Dieses Buch ist aus einer Arbeit für die Pacific Western University (PWU), Los Angeles, Kalifornien, U.S.A., in 1989/1990 entstanden und wurde 2015 ergänzt.

Mein Dank geht an Herrn James A. Hayes, PhD, für die Betreuung der Arbeit und Herrn W. Haberland, Dean of Faculty, an der PWU für seine Hinweise und Anregungen den Text zum Zwecke der Veröffentlichung zu erweitern.

Ferner möchte ich meinem persönlichen Freund Herrn Ward Rutherford (†), freier Schriftsteller und Historiker, Brighton, Großbritannien, für nützliche Tipps, Hinweise und Diskussionsbeiträge danken, die teilweise in diese Arbeit einflossen. Sie sind nicht alle ausdrücklich gekennzeichnet. Einen Großteil der Bibliotheksarbeit konnte ich in der Zentralbibliothek der Bundeswehr in Düsseldorf erledigen. Dank für stets freundliche Hilfe geht an das Bibliothekspersonal und die Bundeswehr für die großzügige Benutzungserlaubnis für diese Einrichtung. Nach dem Umzug der Bibliothek nach Dresden half man mir auch von dort.

Zum Nachdenken – statt eines Vorwortes

„Die große Lehre jener Zeit lautet aus meiner Sicht: Wo die Freiheit nicht beizeiten mit großem Einsatz verteidigt wird, ist sie nur um den Preis schrecklich hoher Opfer zurückzugewinnen. Ein mündiges Volk darf die Macht nicht in die Hände von Verrückten und Verbrechern fallen lassen.“
(Willy Brandt am 1. September 1989 vor dem Deutschen Bundestag, siehe Sitzungsprotokoll)[1]

Diese, zum Nachdenken anregen gemeinte Äußerung wurde 1989 getan: Angesichts der Vorfälle im vereinten Deutschland, in Frankreich, Belgien, den USA, der ehemaligen Sowjetunion, Österreich, Ex-Jugoslawien und vielen anderen Orten in der Welt kann man Willy Brandts Worte nur, ja muss man sie, noch verstärken. Brennende Asylantenheime, verletzte und tote Asylanten, Rassenhass, Ku-Klux-Klan und Bürgerkrieg haben alle ihre Wurzeln im Nationalismus – im übersteigerten Nationalismus. Dem gilt es entgegen zutreten. Zuallererst natürlich im eigenen Land, vor der eigenen Tür, dann beim Nachbarn, aber auch über die Landesgrenzen hinweg. Nie wieder ein 1933 – lassen wir es nicht zu, dass der unfruchtbar geglaubte Schoß wieder fruchtbar wird. Dass braune Eier wieder ausgebrütet werden. Gewiss, Deutschland ist 1991 eine stabile Demokratie. Wir sind auch nicht mehr isoliert in der Welt, die Wirtschaftslage ist eine andere als 1933, die soziale Schichtung der Deutschen hat sich nachhaltig verschoben, aber mit unserem Neonazismus müssen wir zuerst fertig werden. Es kann und darf keine Aufgabe für „andere“ sein. Es betrifft uns im besonderen Maß - auf uns wird zuerst gesehen, aber auch zuerst gezeigt. Nie wieder überzogenen Nationalismus mit all seinen Schrecken. Wehret den Anfängen. Keine Verharmlosungen mehr. Über Adolf Hitler und seine Schergen ist auch einmal gelächelt, wenn nicht sogar gelacht worden. Vielen war aber das Lachen vergangen. In einer seiner Hassreden weist Hitler ausdrücklich darauf hin, dass sie nun nicht mehr lachen: Sehr bald war aber (fast) allen das Lachen vergangen, wie Hitler es selber einmal in einer seiner Hassreden formulierte. „Die Juden haben einst auch in Deutschland über meine Prophezeiungen gelacht. Ich weiß nicht, ob sie heute auch noch lachen, oder ob ihnen das Lachen bereits vergangen ist“ geiferte er am 30. September 1942. (Siehe denktag 2004.)

Wir schreiben heute das Jahr 2015. Die Weltlage hat sich, nach einigen entspannten Jahren, nicht wirklich verbessert. Palästina und Israel haben ihre Probleme noch immer nicht in den Griff bekommen. Ägypten, Irak Syrien, Afghanistan und Pakistan sind noch immer in bewaffneten Auseinandersetzungen verstrickt oder haben mit islamitischen Extremkräften zu kämpfen. Der IS terrorisiert ganze Landstriche im Nahen Osten. Die Krim wurde von Russland okkupiert und die Ostukraine wird mit massiver Unterstützung Russlands umkämpft – abgesehen einmal von der Ursachen und der Rechtmäßigkeit der Ansprüche. Der Krieg, den in Europa 1945 alle für beendet glaubten, steht wieder an Europas Grenzen. Ganz abgesehen vom internationalen Terrorismus.

In Deutschland sorgen politische Gruppierungen wie die AfD, NPD, Pegida, Dügida und andere für große Sorgen. Griechenland scheint sich zu einem Problemkind der EU zu entwickeln. Nein, zum Zurücklehnen besteht kein Anlass. Willy Brandt ist aktueller denn je.

Einführung in das Thema und Abgrenzung

Behandelt man die Zeit des Nationalsozialismus im Schulunterricht oder spricht man aus gegebenem Anlass über sie, so wird immer wieder – besonders von jüngeren Menschen – gefragt, ob denn alle Deutschen, die diese Zeiten erlebten „dumm“ gewesen seien, weil sie so „einfach“ von den Nationalsozialisten „eingefangen“ werden konnten. Dem muss man entgegenhalten, dass sie nicht „dumm“ waren, sondern geschickt verführt wurden oder auch persönliche Vorteile im neuen Regime erkannten. Ein Teil der Deutschen – leider ein viel zu kleiner – hatte das Unheil kommen sehen oder das Nahen desselben bereits am eigenen Leib erfahren. Der weitaus größte Teil aber wurde „blind“ gemacht oder zog es vor – aus welchen Gründen auch immer – nicht allzu scharf hinzusehen.

Spricht man dann über die Gräueltaten der Nationalsozialisten, so hörte und hört man oftmals heute noch, dass sie doch auch „Gutes“ bewirkt hätten. Dann wird die Autobahn genannt, der Reichsarbeitsdienst aufgezählt, der die jungen Männer von der Straße geholt hat, das Pflichtjahr für Frauen angeführt, das keiner „geschadet“ hat, die NS-Gemeinschaft „Kraft durch Freude“, die NSV und viele andere „soziale“ und mehr oder weniger spektakuläre „Errungenschaften“ des Nationalsozialismus. Mögen auch in belegbaren Einzelfällen nationalsozialistische Maßnahmen hilfreich gewesen sein, so kann man dadurch das Regime als solches nicht positiv bewerten und es womöglich auch noch als menschenfreundlich darstellen. Das Gegenteil ist der Fall. Dennoch haben eben diese Scheinerrungenschaften zur Festigung des nationalsozialistischen Regimes beigetragen – bis andere massive Repressalien diese ersetzten und eine Abkehr unmöglich machten resp. die Freiheit und das Leben hätten kosten können. Dass es eben, für den normalen Bürger, sichtbare Erfolge gegeben hat, darf man bei einer schonungslosen Aufklärung nicht unterschlagen, sonst klärt man nicht auf. Auch die versteckten Gefahren müssen ans Licht gebracht werden. Sonst unterliegen wir wieder heimlichen Verführern und ihren Machenschaften.

Eines muss unbedingt zu Beginn der Arbeit klargestellt werden: Es kann kein Aufrechnen nationalsozialistischer Gräueltaten gegen vereinzelte positive Erscheinungen des Nationalsozialismus geben. Man kann nicht fünfhundert Kilometer Autobahn gegen ein Konzentrationslager oder zweihunderttausend in den Urlaub verschickte Arbeiter gegen zweihunderttausend ermoderte KZ-Häftlinge - auch nicht gegen einen einzigen – aufrechnen. Selbst ein einziges KZ- oder Terroropfer ist zu viel und beschämend. Die Verbrechen des Nationalsozialismus lassen sich nicht wie in einer Bilanz gegen echte oder angebliche „Errungenschaften“ aufwiegen. Die Verbrechen sind in ihrer Grausamkeit und Verwerflichkeit unvergleichlich. Wenn wir diese Tatsachen nicht aus den Augen verlieren, können wir über nationalsozialistische Sozialpolitik und deren vereinzelt auch positiven Auswirkungen auf den deutschen Menschen jener Zeit Betrachtungen anstellen. „Sozialpolitik im Nationalsozialismus bezeichnet die Maßnahmen, die im Sinne der nationalsozialistischen Ideologie gegenüber definierten Teilen der Bevölkerung durchgeführt wurden. Sie war ausgerichtet auf die Ideologie der Volksgemeinschaft und fand unter den davon profitierenden Gruppe große Akzeptanz“. (siehe Quellen: Wikipedia „Sozialpolitik im Nationalsozialismus“)

Es ist natürlich unmöglich, alle Aspekte der Sozialpolitik in Deutschland in den Jahren von 1933 bis 1945 zu behandeln. Es können jedoch Strömungen, Tendenzen und Stimmungsbilder erstellt werden. Auch kann über Auswirkungen verschiedener Programme berichtet werden. Die vorliegende Arbeit kann nicht vollständig sein und sie erhebt auch diesen Anspruch nicht. Viele dem Volk dargebotenen Leistungen dienten nicht dem eigentlich vorgegebenen Zweck. Viele gutgläubige Menschen wurden missbraucht.

Ihr freiwilliger Einsatz und Idealismus dienten oftmals viel dunkleren, ihnen verborgenen, Zielen, als sie bei gleichgeschalteter Presse und verbotenen ausländischen Medien in Erfahrung bringen konnten[2]. Die Handlungen der Nationalsozialisten wurden ab einem gewissen Zeitpunkt – spätestens nach dem Ermächtigungsgesetz - nicht mehr (wirkungsvoll) kontrolliert. Jeder Versuch, dies zu tun, öffentlich oder privat, scheiterte und wurde bestraft. Ein Oppositioneller zu sein konnte tödlich enden. Die wissenden Mitläufer und Mittäter haben natürlich geschwiegen.

Eine Vielzahl von „freiwilligen Sozialleistungen“ musste ohnehin vom Volk oder den Arbeitgebern aufgebracht werden und wurde dann als nationalsozialistische Großtaten propagiert. Damit wurden dann oftmals Schwierigkeiten, die das Regime anderweitig hatte, übertüncht oder die Ausbeutung der Menschen verschleiert. Vergessen wir nicht:

Es gibt keine „gute“ Diktatur!

Das muss gerade heute (2015) erneut verstärkt klargemacht werden, denn der Rechtsextremismus feiert Wiederauferstehung und ein heißer Krieg in Europa (Ukraine) erscheint nicht ausgeschlossen. Selbst in einigen EU-Ländern marschiert der Rechtsextremismus wieder. Und wieder sind es Nationalismus, Verblendung, Verkennung und Verherrlichung, die als Triebfedern fungieren. Wehret den (erneuten) Anfängen. Durch rücksichtlose Aufklärung. Zu dieser Aufklärung gehört aber auch zu erzählen, warum für viele Deutsche der Nationalsozialismus und Adolf Hitler anfangs augenscheinlich eine Alternative waren. Es ist ja eine nicht zu leugnende Tatsache, dass die NSDAP gewählt wurde – teilweise mit „Traumergebnissen“, die heute jeder demokratischen Partei zur Ehre gereichen würden. Die Zahlen im folgenden Kapitel belegen das sehr eindrücklich. Das darf nicht verschwiegen werden, denn sonst leistet man keine Aufklärung wenn man die Hintergründe nicht beleuchtet. Abschreckend aufklären kann man nur, wenn man die Fallstricke und verborgenen Haken und Ösen aufzeigt, die die Mehrzahl der deutschen Wähler damals nicht gesehen hat oder sehen wollte, weil ihre persönliche Lage schlimmer war, als das, was offensichtlich auf sie zukam resp. zukommen konnte. Dass dem anders war, haben viele erst dann erkannt, als es für Änderungen zu spät war.

Die seit dem 17. November 1881 gewachsenen sozialen Einrichtungen werden hier nicht behandelt. Das würde den Rahmen der Arbeit sprengen und auch nicht zum Thema gehören. Die Nationalsozialisten haben die unter Bismarck begonnenen sozialen Gesetze etc. generell übernommen und bis auf kleine „Anpassungen“ übernommen. Allerdings war ab 1940 ein neues „Altersversorgungswerk des deutschen Volkes“ im Gespräch. Es sollte unter dem Motto „Pflicht zur Arbeit – Recht auf Versorgung“ begonnen werden. Robert Ley, Führer der Deutschen Arbeitsfront (DAF), verwies am 4. November 1940 auf die Zeit nach dem Krieg zur Lösung sozialer Probleme. (Overesch 2:119, 127)

Vom „Diktat von Versailles“ zum „Dritten Reich“ „legal“ in die Diktatur

Am 9. November 1918 war der Erste Weltkrieg für das Kaiserreich Deutschland verloren. Der Kaiser dankte ab und ging in sein holländisches Exil, um nie wieder nach Deutschland zu kommen. Allerdings hoffte er, dass die Nationalsozialisten ihn wieder zurückholen würden, aber dieser „Traum“ wurde nie erfüllt. Er bekam noch ein Staatsbegräbnis vom nationalsozialistischen Deutschland und das war es dann.

Am 7. Mai 1919 wurden die alliierten Friedensbedingungen bekannt, die, abgesehen von der teilweisen Entwaffnung und Verkleinerung der Reichswehr, unmäßig waren. Gebietsabtretungen, materielle Reparationen und eine finanzielle Forderung, deren Höhe zu diesem Zeitpunkt noch nicht einmal festgelegt wurde, trafen das am Boden liegende Deutschland schwer[3] (Lorant: 67)

Man hatte sich der Illusion hingegeben, einen milden Frieden zu bekommen. Weit gefehlt. Besonders der Kriegsschuldartikel, der Deutschland die alleinige Schuld am Krieg zuwies, erregte die Gemüter stark (Schulze). Waren auch die anderen Siegermächte noch in etwa verhandlungsbereit – besonders die USA – so wollte Frankreich Deutschland als möglichen zukünftigen Feind für immer ausgeschaltet wissen. Das „Diktat von Versailles“ war geboren. Von nun an war es die „Pflicht“ eines jeden deutschen Politikers, diesen Vertrag zu revidieren. So wurde „Versailles zum massenwirksamen Agitationssymbol“ für Hitler. Lansing, seinerzeit amerikanischer Außenminister, sah den Frieden gefährdet, da der Vertrag „auf dem Treibsand des Eigennutzes gegründet ist“ (Schulze). Im Januar 1919 finden erste Wahlen in Berlin statt – auch zum ersten Mal für Frauen. Berlin erlebt im selben Jahr seine Revolution mit bürgerkriegsähnlichen Auseinandersetzungen. Die erste verfassungsgebende Versammlung tritt in Weimar zusammen und nicht im unruhigen, revolutionären Berlin [4] (Lorant: 85-6).

Am 18. November 1920 werden bei einem Untersuchungsausschuss über die deutsche militärische Niederlage die Begriffe „Dolchstoß“

und „Novemberverbrecher" geprägt, die von den rechten Parteien und später den Nationalsozialisten propagandistisch ausgewertet und verwertet werden[5] (Lorant: 106)

Die Jahre nach dem Ersten Weltkrieg sind geprägt von äußerster Knappheit und allgemeiner Not. Die Nationalisten (noch nicht Nationalsozialisten) schüren die allgemeine Unzufriedenheit, um Anhänger zu gewinnen (Lorant: 106-08) Der „Kapp-Putsch" (13. März 1920 – benannt nach seinem Initiator Wolfgang Kapp) wurde durch die linksgerichtete und organisiert Arbeiterschaft verhindert: „Links verhindert Rechts". Die Wahlen vom 6. Juni 1920 bringen einen Rechtsruck. Am 21. März 1921 wird Oberschlesien, das an Polen fallen sollte, per Volksentscheid bei Deutschland belassen. Am 24. Mai 1921 tritt die NSDAP zum ersten Mal als Massenpartei auf, und Hitler verkündet sein „unabänderliches" 25-Punkte Parteiprogramm (vergleiche Winkler und Lorant). Die Inflation bahnte sich an. Das Verhältnis der Reichsmark zum US-Dollar verschlechterte sich ständig. 1914 entsprach 1US-Dollar 4,20 Reichsmark. 1921 war es bereits auf 1 zu 200 gestiegen und im November 1923 auf die unaussprechliche Zahl von 1 zu 4.210.500.000.000 Reichsmark. In der Endphase der Inflation war eine Goldmark nur noch für 1.000.000.000.000 (Billion) Papiermark zu haben (Brockhaus:2:664). So beeindruckend diese Zahlen sind, praktische Vergleiche sind besser. Zu diesem Zeitpunkt kostete eine Tageszeitung 50.000 Reichsmark, wenn man sie früh morgens kaufte. Die gleiche Zeitung kostete bereits 100.000 Reichsmark am Abend. Für den Preis eines Paars Schnürsenkel hatte man einige Wochen vorher den ganzen Laden kaufen können. Bettler warfen 100.000 Reichsmark-Scheine fort, da sie praktisch keine Kaufkraft mehr besaßen. England und die USA drängen Frankreich zu einer großzügigeren Haltung Deutschland gegenüber, aber das Gegenteil ist der Fall. Als eine Repression auf einen geringfügigen Rückstand in den Reparationen (100.000 Telegrafenmasten konnten nicht pünktlich geliefert werden) besetzen Belgien und Frankreich am 11. Januar 1923 das Ruhrgebiet – das eint das deutsche Volk. Eine ungeschickte Besatzungspolitik Frankreichs trägt nicht zur Verbesserung des

Klimas zwischen beiden Ländern bei. Zum Beispiel wurde das Grüßen der französischen Fahne bei bestimmten Gelegenheiten erwartet und zur Pflicht. Der passive Widerstand wird im Rheinland ausgerufen.

Die NSDAP inszeniert am 28. Januar 1923 ihren ersten Parteitag mit Fahnen und Uniformen. Die so genannten „Goldenen Zwanziger Jahre“ waren nur für Schieber, Spekulanten, Glücksritter und Wohlhabende „golden“, obwohl natürlich auch viele vor der Inflation Reiche arm geworden waren. Die Armut der Massen war unvorstellbar. Die Agitation von links und rechts fand viele Gefolgsleute. Im November 1923 versucht Hitler mit einigen Gefolgsleuten den gewaltsamen Umsturz in Bayern. Er misslingt und sechzehn Putschisten sterben im Kugelhagel der Polizei. Diese sechzehn werden zu Märtyrern der Bewegung hochstilisiert und in den folgenden Jahren in einer Zeremonie „geehrt“. Hitler wird gefangen und nimmt – den Propagandawert erkennend – die Schuld allein auf sich. Er wird zur Festungshaft auf der Festung Landsberg am Lech verurteilt. Er kann dort förmlich „residieren“ und schreibt an seinem Buch „Mein Kampf“. Er wird vorzeitig entlassen. Die Wahlen zum 2. Reichstag (4. Mai 1924) brachten der NSDAP, die unter einem Pseudonym („Nationalsozialistische Freiheitsbewegung“) an den Wahlen teilnahm, 32 Sitze im Reichstag. (Siehe auch: Zentner. Große Geschichte (…) 1919-1934, S. 75)

Die Dawes-Kommission versuchte die Kriegslasten für Deutschland zu mildern. Die Politiker Gustav Stresemann und Wilhelm Marx waren kooperationswillig.[6]

Die Wahlen zum 3. Reichstag (7. Dezember 1924) brachten den Nationalsozialisten Verluste ein, da die positiven Auswirkungen der Dawes-Pläne bemerkbar und somit Agitationsargumente schwächer wurden. Die NSDAP hatte nur noch 14 Plätze. Hitler wurde als „ungefährlich“ eingestuft – er schien geschlagen.

Friedrich Ebert, der beim deutschen Volk unpopuläre erste Reichspräsident stirbt am 28. Februar 1925. Sein Nachfolger wird der greise Feldmarschall von Hindenburg, der militärische Held der Schlacht von Tannenberg.[7] Die Konferenz von Locarno (16. Oktober 1925) führt zu gewissen Entspannungen zwischen Deutschland und den Siegermächten. Deutschland wird am 9. September 1926 Mitglied im Völkerbund, einem Vorläufer der heutigen Vereinten Nationen.

Die Wahlen zum 4. Reichstag (20. Mai 1928) bringen der NSDAP weitere Verluste ein – nur noch 12 Sitze verbleiben der Partei.[8]

Der Young-Plan, der die Reparationszahlungen endgültig regelte, wurde gegen eine starke Opposition im Reichstag angenommen. Nach diesem Plan hätten sich die Reparationszahlungen bis in das Jahr 1988 hingezogen.

Das Wahlergebnis der Wahlen zum 5. Reichstag (14. September 1930) brachte, vor dem Hintergrund der allgemeinen Notlage, der NSDAP einen gewaltigen Sieg. Sie erhöhte die Zahl ihrer Abgeordneten von 12 auf 107.

Im strengen Winter 1928/29 stieg die Zahl der Arbeitslosen auf 2,5 Millionen.

Am 25. September 1930 erklärte Hitler als Zeuge anlässlich einer Gerichtsverhandlung (Ulmer Reichswehrprozess) unter Eid, dass er nur mit legalen Mitteln die Macht erreichen möchte. Das trägt ihm bei radikaleren Parteigenossen den Spitznamen „Adolphe Legalité“ ein (siehe Fest: 94)

Der Staat sieht sich, wegen der allgemeinen Notlage, nicht in der Lage zu helfen. Anfang 1931 hatten 5 Millionen keine Arbeit. Reichskanzler Brüning räumt ein, dass die Grenze dessen erreicht ist, was dem Volk an Entbehrungen zugemutet werden kann. Hitler, als Bewunderer aller technischen Neuerungen bekannt, nutzt die modernen Propagandamittel wie Film, Schallplatte, Rundfunk, das Automobil und Flugzeug für seine fieberhafte Wahlkampagne.[9] Aus dieser Zeit stammt auch der (mindestens) zweideutige Wahlkampfslogan „Hitler über Deutschland“ (vergleiche Fest).

Die Lausanner Friedenskonferenz (Juni/Juli 1932) senkte die Geldschuld Deutschlands auf 3 Milliarden Goldmark, die aber dennoch nie bezahlt wurden.[10] Erst am 3. Juni 1932 wird Hitler deutscher Staatsbürger und erhält somit das passive Wahlrecht. Als österreichischer Staatsbürger hätte er nie in ein deutsches Amt gewählt werden können. Die Präsidentschaftswahlen von 1932 bringen Hitler 15 Millionen Stimmen (=36%). Die Wahlen zum 6.

Reichstag, nach vorzeitiger Auflösung des 5. Reichstags (31. Juli 1932) bringen den Nationalsozialisten 230 Sitze. Sie werden die stärkste Reichstagsfraktion.

Am 6. November 1932 fanden Wahlen zum 7. Reichstag statt und brachten der NSDAP einen Verlust von 34 Sitzen ein.

Hitler wird am 30. Januar 1933 Reichskanzler. Hindenburg und die Deutschnationalen glauben, den „böhmischen Gefreiten" unter Kontrolle halten zu können. „Nach der Übereinkunft mit Hitler eine Regierung bilden zu können, triumphierte von Papen, der sich als Gewinner sah: „Wir haben ihn uns engagiert. (...) Was wollen sie denn? Ich habe das Vertrauen Hindenburgs. In zwei Monaten haben wir Hitler in die Ecke gedrückt, dass es quietscht". Heute kann man nur sagen, dass es eine gewaltige Fehleinschätzung der Lage war. (www.wissen.de) Siehe auch Zeit online.

Der Reichstagsbrand am 27. Februar 1933 war der Auftakt zum letzten Akt der „Machtübernahme". Hindenburg unterschreibt eine Notverordnung zum „Schutz von Volk und Staat" als Abwehrmaßnahme gegen kommunistische Gewaltakte. Der Reichstagbrand, so behauptet man, war Kommunistenwerk. Das so genannte „Ermächtigungsgesetz" wurde am 23. März 1933 vorgelegt. Es übertrug der Regierung unkontrollierte Macht für vier Jahre. Die KPD und Teile der SPD hatten die Nazis durch Terror, Verhaftungen und Emigration vor der Abstimmung zum Gesetz bereits ausgeschlossen. So stimmten denn allein die verbliebenen 94 Sozialdemokraten mutig gegen die Annahme des Gesetzes. "Als die Sitzung geschlossen war, standen die nationalsozialistischen Abgeordneten auf und sangen mit ausgestrecktem Arm das Horst-Wessel-Lied – dieses Schauspiel bezeichnete das Ende der parlamentarischen Demokratie in Deutschland. Nach vierzehn stürmischen Jahren waren die Tage der Weimarer Republik vorüber." Die ersten KZs (noch hießen sie nicht so) entstanden, und offener sowie versteckter Terror waren an der Tagesordnung.

Die Wahlen zum 8. Reichstag (5. März 1933) brachten der NSDAP 288 Sitze. Das „Dritte Reich"" oder auch „Tausendjährige Reich" hatte begonnen. Ihm waren, nach dem Willen der Machthaber, sechs

Jahre Frieden, wenn man die kriegslose Zeit so bezeichnen will – und zwölf Jahre insgesamt beschieden (Lorant: 67-220). So wurde schließlich der Friedensschluss von 1919 zu einer Pirouette im Totentanz Europas. Die „Weltdemokratie der Visionen Wilsons" wurde nicht verwirklicht (Schulze).

Die Entwicklung der Ereignisse in den Jahren 1918 bis 1933 wurde hier nur in geraffter Form als Stimmungsbild und Hintergrundinformation dargestellt. Es gibt mehr als genügend Literatur über diesen Zeitabschnitt, die zur Vertiefung herangezogen werden kann. An dieser Stelle soll der Überblick dazu dienen, Handlungen und Unterlassenes in Deutschland einleuchtender zu machen. Das herrschende politische und allgemeine Chaos seinerzeit wird schon allein durch die Anzahl von Wahlen in kürzester Zeit erfahrbar. Von Januar 1919 bis März fanden nicht weniger als neun Wahlen statt, mit bis zu 36 Parteien und Splittergruppen auf dem Wahlzettel. Was diese Tatsache für die Bildung stabiler und mehrheitsfähiger Regierungen bedeutete, muss wohl nicht näher erläutert werden. Der Begriff „Koalitionen" war schon fast nicht mehr anwendbar gewesen. Bald war auch das vorüber, denn Hitler hatte in einer seiner Reden ganz offen von der Vernichtung aller anderen Parteien in Deutschland gesprochen. Nach 1933 hat es ohnehin keine freien Wahlen mehr in Deutschland gegeben.

Dieses Chaos und die allgemeine Notlage geschickt ausnutzend, gelangte die NSDAP an die Macht – nicht zu vergessen die Schwäche und Unfähigkeit der jungen Weimarer Republik und ihrer „demokratischen" Repräsentanten. Hinzu kam Unwilligkeit auf Seiten der alten Repräsentanten des Kaiserreichs, die immer noch sehr zahlreich in allen Ämtern etc. vertreten waren und hinderten. Vor diesem Hintergrund von offener und versteckter Korruption, Grabenkämpfen, Kriminalität und bitterer Not besonders in den Arbeitervierteln deutscher Großstädte, meint Rutherford, waren selbst die Lastwagen mit SA-Rollkommandos, sauber uniformiert, ein willkommener Anblick für die Arbeiterklasse. "Whatever crimes the Nazis committed, they did clean up the streets – though we might question the methods they used to it. "

Und alle, alle kamen

Mit der Machtübernahme 1933 begann auch sofort der braune Terror – offen und versteckt - wie Lorant es uns mitteilt, und es heute allgemein bekannt ist. Nun konnte man nicht von allen Bürgern verlangen, dass sie Weitsicht genug besaßen, die Ereignisse vorherzusehen oder auch nur zu erahnen. Abgesehen von den wissenden Mitläufern und den aktiven Mittätern, die immerhin zahlreich genug gewesen sein mussten und natürlich schwiegen. Zweifellos gab es aber Menschen mit Einfluss und an Informationssträngen, die anderen vorenthalten waren, die es hätten besser wissen müssen. Und dennoch - alle, alle kamen - wie es Lorant so treffend bemerkt. Abgesehen von britischen Gewerkschaftern, die das nationalsozialistische "Gewerkschafts"- System so lobten, obwohl es ja die freien Gewerkschaften abgeschafft hatte, waren es Prominente und Wirtschaftsführer, die sich beim "Führer" die Klinke in die Hand gaben und es als eine Ehre betrachteten bei den Nazigrößen ein- und auszugehen. Bis zum November 1938 waren viele, nicht nur Deutsche, davon überzeugt, dass Hitler und die Nazis gar nicht so schlecht waren. Im Gegenteil. "Viele Adlige und ehemals kaiserliche Offiziere schließen sich offen den Nazis an. Voran geht dabei Exkronprinz Wilhelm von Preußen (...) als SA-Führer. Später wird die SS bevorzugt" (Bergschicker: 29). Ausgenommen von dieser Fehleinschätzung sind natürlich jene, die schon unter dem Regime zu leiden hatten - vor allem bereits die jüdischen Mitbürger und Oppositionellen. Die "Nürnberger (Rassen-) Gesetze" gab es schon und weitere, diskriminierende, Gesetze, wie z.B. das "Gesetz zur Änderung des Beamtenrechts", das jüdische Mitbürger vom Berufsbeamtentum ausschloss. Auf eine Intervention von Hindenburg hin, musste es für einen gewissen Kreis jüdischer Mitbürger wieder geändert werden („Milderungsklausel"), aber nach Hindenburgs Tod traf es mit aller Schärfe wieder zu. Dies mag eine erlaubte Vereinfachung sein, stellt die Situation aber dar. Die Maske wurde für viele sichtbar erst mit der "Reichskristallnacht" (treffender Reichspogromnacht) fallen gelassen.

Aber es war ein langer Weg von 1933 bis 1938. Sie alle kamen zu ihm. In den Jahren vor dem Krieg klopften Wirtschaftsführer (z.B. die Du Ponts aus Amerika) und einfache Leute bei ihm an und baten eingelassen zu werden. Sie waren nicht gekommen, um von Hitler Erklärungen zu verlangen über die Ermordung von tausenden unschuldiger Opfer, sie waren nicht gekommen, um Hitler zur Rechenschaft für gebrochene Verträge zu ziehen und wegen der besetzten Länder zu protestieren. Sie waren gekommen um ihm zu schmeicheln, schönzutun und zu hofieren. Ex-Präsident Hoover kam, es kam der ehemalige Premier Lloyd George, Charles Lindbergh und der Herzog von Windsor und andere Persönlichkeiten. Journalisten kamen. Früher hatten ihre Zeitungen Hitler für Interviews großzügige Honorare bezahlt. Jetzt sprach er kostenlos und erwartete dafür positive Berichte. Ausländische Unternehmer schauten vorbei und schlugen lukrative Geschäfte vor. (Vergleiche Bergschicker und Lorant). In amerikanischen und britischen Industriellenkreisen waren die Nationalsozialisten als "Bollwerk gegen den Bolschewismus" willkommen, obwohl es schon eine "Probe" zur "Kristallnacht" gegeben hatte (1.4.1933). Brennende Synagogen, geplünderte und zerstörte jüdische Geschäfte, Wohnungen, Eigentum, getötete, verletzte und verschleppte jüdische Mitbürger sollten es eigentlich allen klargemacht haben, dass hier Unmenschen wüteten.

Charles Lindbergh sah in den Nationalsozialisten die "Welle der Zukunft". Hitler bereitete allen seinen Besuchern einen fürstlichen Empfang. Sie alle waren von seinem Charme und seinem tadellosen Benehmen eingenommen. Letztendlich führte er die Welt jener, die gekommen waren um seine blutbefleckten Hände zu schütteln, an den Rand der Katastrophe. (Vergleiche Lorant: 262-63; Lindbergh „Kriegstagebuch")

Historiker sind sich einig, dass die XI. Olympischen Spiele in Berlin im Jahr 1936 eine einzige große Blend-Show waren, um die Welt von einem friedliebenden Deutschland zu überzeugen. Shirer (1: 267) meint, dass "die Olympischen Spiele abgehalten im August 1936 eine erstklassige Gelegenheit für die Nationalsozialisten darstellten, der

Welt die Errungenschaften des "Dritten Reichs" vorzuführen und sie machten wahrlich Gebrauch davon. (...) Die ausländischen Besucher, in erster Linie aus Großbritannien und Amerika, waren, von dem was sie sahen, stark beeindruckt. Offensichtlich ein glückliches, gesundes, freundliches Volk, das von Hitler geeint worden war - ein völlig anderes Bild, als sie es sich durch Zeitungsberichte aus Berlin vorgestellt hatten. Die Fremden kamen in Massen in das Land. Das Fremdenverkehrsgewerbe boomte und brachte Hitler die so dringend benötigten Devisen." So positiv sahen natürlich auch viele Deutsche "ihr" Deutschland im Jahre 1936. Ausländische Journalisten kamen teilweise in ihren Heimatländern in den Verdacht, antideutsche Artikel zu schreiben. Die "Wahrheit", die man ja "sehen" konnte, war eine völlig andere, als die in ihren Artikeln beschriebene.

Erste Zeichen eines offenen Widerstands gegen das nationalsozialistische Deutschland regten sich 1933 auf dem internationalen PEN-Kongress. H.G. Wells initiierte eine antideutsche Demonstration oder tolerierte sie zumindest. Daraufhin verließen die Deutschen, Österreicher und Niederländer die Konferenz (Struss: 72).

Ebenfalls 1933 wurde das Reichskonkordat mit dem Vatikan abgeschlossen. Einer der Unterhändler war der spätere Papst Pius XII. Ein Resultat des Konkordats war, dass in katholischen Gottesdiensten und Prozessionen Hakenkreuzfahnen mitgeführt werden konnten (Struss: 87). Auch die sehr zögerliche Haltung des Heiligen Stuhls im Zusammenhang mit der Judenverfolgung und später Judenvernichtung in Deutschland kann im Zusammenhang mit diesem Vertragswerk gesehen werden.

Die großen Amtskirchen, bis auf mutige Männer und Frauen, waren kein allgemeiner Hort des Widerstandes gegen die Nationalsozialisten (vergl. Klee und Bergschicker).

Molotow, damaliger sowjetischer Außenminister, betonte die "besten Geschäftsbeziehungen mit Deutschland" (Struss: 109). Es ist eine inzwischen unbestrittene Tatsache, dass die sowjetischen Lebensmittel- und Materiallieferungen Deutschlands Wiederbewaffnung und Kriegsführung bis zum Überfall auf die Sowjetunion erst ermöglichten oder weitgehend förderten. Diese

Lieferungen erfolgten bis praktisch drei Stunden vor dem Überfall auf die Sowjetunion am 22. Juni 1941. Weiter übte die Reichswehr in den Weiten der Sowjetunion an, im Versailler Vertrag, verbotenem schwerem Gerät.

Wie bereits erwähnt, waren die Olympischen Spiele 1936 genau das, was die Nationalsozialisten gebraucht hatten. Und sie beuteten sie auch schamlos aus. Nicht nur, dass die Spiele fast perfekt organisiert waren, sie warteten auch mit einer technischen Sensation auf - dem Fernsehen. Es war natürlich noch nicht das Fernsehen, wie wir es heute kennen, aber Sportbegeisterte, die keine Eintrittskarten zu den Sportveranstaltungen mehr bekommen konnten, waren in der Lage, die Spiele in öffentlichen Fernsehsälen zu verfolgen. Ausländische Besucher staunten über den hohen Stand deutscher Technologie (Ruhl: 99-103). Es erfolgten Radioübertragungen in vierzig Länder rund um die Uhr. Alle Welt war begeistert, und sogar das französische und britische Olympiateam lief in die Stadien (Berlin/Garmisch-Partenkirchen) ein - mit erhobenem Arm an der Führerloge vorbei. Picker (16) berichtet über das unvorstellbare internationale Ansehen, das Hitler durch die Spiele gewonnen hatte. Ungefähr 5000 Ehrenbürgerschaften und andere Anerkennungen aus aller Welt wurden ihm zuteil. Für die Zeit der Spiele wurden auch alle Judenverfolgungen und Schikanen ausgesetzt. Sie setzten aber sofort nach den Spielen wieder verstärkt ein.

Anlässlich des Parteitags 1936 erschienen 3600 deutsche und ausländische Reporter, um über das Spektakel zu berichten. Eintausend Ehrengäste, Diplomaten, Vertreter ausländischer Organisationen und Geschäftsleute (...) bestanden darauf, teilnehmen zu dürfen (Ruhl: 37).

Im März 1938 marschierten deutsche Truppen unter dem Jubel der Bevölkerung in Österreich ein - auch wenn es heute immer gern anders dargestellt wird. Conze (114) stellt fest: Die Freude der deutschen Bevölkerung im Sudetenland und Österreich war groß und echt. Der Wunsch, mit Deutschland vereint zu sein, war seit 1919 lebendig, und nur Minoritäten waren dagegen. (Vergl. auch Bergschicker). Sogar westliche Demokratien zeigten ein gewisses

Verständnis dafür, dass Hitler "deutsches Blut in ein Reich heimholte". Mussolini, eine Quelle möglichen Widerstands, wurde der Freundschaft des Reichs versichert und stimmte schließlich der Okkupation Österreichs zu (Shirer I: 333-37). Hitler machte ihm dafür Südtirol nicht mehr streitig. (Vergl. Bergschicker: 233)

Charles Lindbergh, 1938 auf offizieller Inspektionstour durch Flugzeugwerke in Europa, lobte Deutschland und seine Menschen und hielt es Amerika und sie den Amerikanern für sehr ähnlich. Überschwänglich beschrieb er die Fabriken, die Arbeiter und deren Arbeitsmoral. (Vergleiche Lindberghs Kriegstagebücher 1938-45) Seine späteren Bemühungen, Amerika aus dem Krieg herauszuhalten, hatten ihm nicht nur Freunde im westlichen Lager eingebracht.

Eine Frage, die immer wieder von Ausländern und jungen Deutschen gestellt wird ist die, ob die Deutschen denn nicht sahen, was um sie herum geschah. Nahmen sie nicht wahr, dass sie aller demokratischen Rechte beraubt wurden und dass Deutschland ein einziges großes Gefängnis wurde? Es gibt darauf wohl nur eine Antwort: Ja, die meisten sahen es im Allgemeinen. Andererseits wurde ihnen, in ihren Augen, auch eine ganze Menge Ausgleich dafür geboten. Fest (op. cit.) gibt einige Erklärungen hierzu und Lucas (45-46), bringt es auf den Punkt: "Were things really better in the capitalistic world? In London and Paris, for example, tens of thousands of homeless people slept on benches along the Thames or Seine. There were not so unfortunates in the streets of German cities. Slum housing was a feature of the great cities of western democracies. In the Third Reich slums had been cleared away. The labour shortage in German factories after 1937 meant that foreign labour had to be brought in and these immigrant workers were astonished to find such amenities as factory baths, higher pay and a legally enforced safety code." 1938 kam das böse Erwachen, aber dann war es zu spät.

Dieses Zwischenkapitel ist nicht als verspätete Rechtfertigung der nationalsozialistischen Gräueltaten gedacht. Es sollte nur noch einmal daraufhin gewiesen werden, daß auch sehende und denkende Menschen außerhalb der deutschen Grenzen nicht den Überblick hatten, obwohl dort weder die Presse, der Rundfunk und die

Meinungsfreiheit eingeschränkt waren. War die nationalsozialistische Propaganda und Verschleierungstaktik wirklich so gut? Die wahren Gesichter von Hitler, seinen Paladinen und den zahlreichen großen und kleinen Mitstraftätern wurden der Mehrheit erst nach dem Zusammenbruch - auch im Ausland - bekannt. Vergessen wir nicht: Bereits 1933 waren 254 Zeitungen und Publikationen in Deutschland verboten. Dennoch ergab eine 1951, von Allensbach, durchgeführte Befragung, dass 40% der Deutschen die Zeit zwischen 1933 und 1938 als Deutschlands glücklichste Zeit betrachteten. Sechs Prozent entschieden sich für die Kriegsjahre als die schlechteste Zeitspanne. Wir dürfen nun nicht den Schluss daraus ziehen, dass die 40% hartgesottene Nazis waren, aber bemerkenswert ist das Ergebnis schon. Bemerkenswert aus vielerlei Gründen, die hier aber nicht erörtert werden können (Kohl in Glaser: 293).

Die Wirtschaftslage 1933 - eine kurze Bilanz

Die Nationalsozialisten übernahmen 1933 ein Erbe, von dem Hitler sagte, das es andere nicht "geschenkt" haben wollten: Sechs Millionen Arbeitslose (Struss: 12-51). Das waren 10,8% der deutschen Bevölkerung. Dieser Zahl muss man noch die Familienangehörigen und vom Verdiener abhängigen Personen hinzurechnen, um zu ermessen, wie viele Menschen von der Arbeitslosigkeit betroffen waren. Das "Winterhilfswerk" - hierzu ein eigenes Kapitel - der NS-Volkswohlfahrt betreute 1933/34 allein sechs Millionen Menschen, die zu den Allerärmsten gehören müssen, um vom Winterhilfswerk betreut zu werden (Struss: 54).

Große Reichsgebiete, darunter bedeutende Industriegebiete[11], waren durch den Versailler Friedensvertrag abgetreten worden, und Sachreparationen drückten die Wirtschaft schwer. Der Export des Nachkriegsdeutschlands war auf 0,4 Milliarden Reichsmark gesunken, also praktisch bedeutungslos. Der dadurch verursachte Mangel an Devisen führte zu weiteren Rohstoffknappheiten, was die Produktion im Inland drosselte. Dies wiederum führte zu Mängeln im Inland und weiter sinkenden Exporten. Die aus Devisenknappheit und sinkenden

Exporten resultierende Autarkiebestrebung des "Dritten Reichs" führte zu einer Isolation auf den Weltmärkten und verschloss so erst recht Liefer- und Abnahmequellen. Die Furcht, Deutschland nicht ernähren zu können, ließ die Nationalsozialisten auch noch eine völlig falsche Bündnispolitik betreiben - sie schlossen sich an ost- und südosteuropäische Agrarländer an, statt Anschluss an Industrienationen zu suchen, die deutsche Industriegüter hätten kaufen können. Wohlstand durch Handel. Von den armen Agrarländern konnte also auch keine Lösung erwartet werden.

Mangels Kaufkraft standen 98.200 Wohnungen leer, obwohl eine allgemeine Wohnungsknappheit herrschte. Es fehlten bis zu 6 Mio. Wohnungen, wenn man Neubau, Sanierung und abbruchreife Wohnungen bedachte (Bergschicker: 201). Steigende Selbstmordraten waren das Resultat persönlicher und beruflicher Schwierigkeiten der Menschen in Deutschland. Die Bauern waren hoffnungslos verschuldet und von Steuern erdrückt. Hierüber später mehr.[12] Im Verlauf ihrer Regierungszeit hatten die Nationalsozialisten mit drei Hauptzielrichtungen in der Wirtschaftspolitik zu operieren. Sie mussten erstens bei Regierungsantritt die Erwartungen ihrer Wähler erfüllen und sichtbare Besserung bieten. Zweitens hatten sie den Standard dann zu halten und zu verbessern, was ihnen durch Wiederaufrüstung auch gelang. Die Umstellung auf eine Wehrwirtschaft brachte später wieder Engpässe, die man einer opferbereiten Bevölkerung aber größtenteils zumutete („Kanonen statt Butter"). Das dritte Ziel war dann die Kriegswirtschaft für den "totalen Krieg". Letztere beide Probleme werden hier allerdings nicht abgehandelt.

Bei Fest (590-91) finden wir eine einleuchtende Erklärung der "Aufbruchstimmung" nach 1933: "Dieses Vermögen Initiative und Selbstvertrauen zu wecken, war um so erstaunlicher, als Hitler über kein konkretes Programm verfügte". In einer Kabinettsitzung erklärte er, dass es notwendig sei, "das Volk durch Kundgebungen, Gepränge, Betriebsamkeit >>auf das rein Politische abzulenken, weil die wirtschaftlichen Entschlüsse noch abgewartet werden müssten<<; (...)." Hitler: "Es gehe jetzt darum, >>durch große monumentale

Arbeiten irgendwo (!) zunächst die deutsche Wirtschaft wieder in Gang zu setzen<<. Die gesamte sachliche Konzeption, (...), mit der Hitler die Macht übernahm, bestand in seinem unbegrenzten Selbstvertrauen, mit den Dingen schon fertig zu werden, mit der primitiven, aber wirksamen Maxime: was befohlen wird, geht. Mehr schlecht als recht vielleicht, aber eine Zeitlang doch, und derweil wird man eben weiter sehen." (Vergleiche auch Deighton: 76) Dieses Konzept erwies sich als Zaubermittel, da es half, das Gefühl der Entmutigung zu überwinden. "Wenn auch eine Besserung der materiellen Lage erst ab 1934 spürbar wurde, erzeugte es doch beinahe vom ersten Tage an eine ungeheure >>Suggestion der Konsolidierung<<.

Schoenbaum (156) stellt dann auch fest: "Die Wirtschaft erholte sich als Komplize des "Dritten Reiches" und unter seinem Schutz. Aber die Initiative lag beim Staat, und die Erholung der Wirtschaft war nicht Zweck, sondern Mittel." Nicht außer Acht gelassen werden darf ferner, dass die Weltwirtschaft sich ebenfalls erholte. So trafen verschiedene fördernde Umstände zusammen. Soweit ein Stimmungsbild und grober Überblick über die wirtschaftliche Lage zur Machtübernahme 1933. Tiefergehende Betrachtungen würden eine eigene Abhandlung erfordern, den Rahmen dieser Arbeit bei weitem überschreiten.

Die sozialen Zielsetzungen im NSDAP - Parteiprogramm

Nachfolgend ein Auszug - die Punkte, die das "soziale" betrafen - aus dem Parteiprogramm der NSDAP (Ruthe: 5-10; Lucas: 2-3)[13]

"Die NSDAP und die wichtigsten Forderungen des Parteiprogramms, Gesetze und Maßnahmen, die seiner Erfüllung dienen. Zielsetzung und Gestalt erhält die nationalsozialistische Weltanschauung durch das Parteiprogramm mit seinen 25 Punkten, das am 24. Februar 1920 im Hofbräuhaus-Festsaal vom Führer selbst verkündet wurde. (...) Entworfen wurde es von Adolf Hitler, Anton Drexler und Gottfried Feder. (Hitler selber soll ein festgeschriebenes Programm immer unbequem gewesen sein, obwohl er ja ein Mitautor war.) Es ist der Grundstein der Bewegung und dazu bestimmt, die Große Revolution des deutschen Volkes durchzuführen. Das Wort des Führers sagt: "Am Parteiprogramm wird nichts geändert."

Wichtige "Sozial"-Programmpunkte:

„ 3. Wir fordern Land und Boden (Kolonien) zur Ernährung unseres Volkes und Aussiedlung unseres Bevölkerungsüberschusses.[14] (Das "Lebensraum-Problem" sorgte noch für viel Leid, K.O.A.)

10. Erste Pflicht des Staatsbürgers muss es sein, geistig oder körperlich zu schaffen. Die Tätigkeit des Einzelnen darf nicht gegen die Interessen der Allgemeinheit verstoßen, sondern muss im Rahmen des Gesamten zum Nutzen aller erfolgen.[15]

15 Arbeiter der Stirn oder Faust sind gleichwertig. Jede Arbeit ehrt ihren Träger. Arbeit ist Dienst am Volk...[16]

11. Abschaffung des arbeits- und mühelosen Einkommens. Brechung der Zinsknechtschaft. (…) Das Gesetz über die Durchführung einer Zinsermäßigung bei Kreditanstalten fordert die Herabsetzung des Zinssatzes auf 4 1/2% vom Grundwert (...) (Später wurden sogar nur 2% gefordert und damit die Banken sehr verunsichert, K.O.A.) Die Wirtschaft soll dem Volke und nicht der Kapitalanhäufung dienen. Kartelle, Syndikate und Konventionen dürfen daher eigennützige Bestrebungen nicht verfolgen. Sie haben sich mit ihren markt-regelnden Maßnahmen der Gesamtwirtschaft anzupassen und werden staatlich überwacht.[17]

12. Beschlagnahmung aller Kriegsgewinne.[18]

13. Verstaatlichung aller privaten Großindustrien.

14. Gewinnbeteiligung der Arbeitnehmer an Gewinnen von Großunternehmern.

15. Verbesserung der Altersversorgung.

16. Stärkung der Klein- und Mittelunternehmen.[19]

17. Bodenreform, Abschaffung von Pachtzins und Bodenspekulation.

18. Wir fordern einen rücksichtslosen Kampf gegen diejenigen, die durch ihre Tätigkeit das Gemeininteresse schädigen. Gemeine Volksverbrecher, Wucherer und Schieber sind mit dem Tode zu bestrafen, ohne Rücksicht auf Konfession und Rasse.

19. Wir fordern Ersatz für das der materialistischen Weltanschauung dienende Recht durch ein deutsches Gemeinrecht. (...) Es will die Volksgemeinschaft in ihrem "inneren und äußeren Bestand" schützen und wurzelt in der politischen Weltanschauung. . .

20. Um jedem fähigen und fleißigen Deutschen das Erreichen höherer Bildung und damit das Einrücken in führende Stellungen zu ermöglichen, hat der Staat für einen gründlichen Ausbau unseres Volksbildungswesens Sorge zu tragen.

21. Der Staat hat für die Hebung der Volksgesundheit zu sorgen durch den Schutz der Mutter und des Kindes, durch Verbot der Jugendarbeit, durch Herbeiführung der körperlichen Ertüchtigung mittels gesetzlicher Festlegung einer Turn- und Sportpflicht, durch größere Unterstützung aller sich mit körperlicher Jugendausbildung beschäftigender Vereine."

Soweit die sozialen Zielsetzungen des NSDAP-Parteiprogramms, von dem, in seiner Gesamtheit, Schoenbaum (46) feststellt: "Das Programm vom Februar 1920 ließ genug Spielraum, um außer Juden, Kapitalisten und Kriegsgewinnlern jedem zu gefallen."

Ferner, so Schoenbaum weiter, galt Hitlers Bestreben der Partei ein Gesicht und erst dann ein Programm zu geben. Es sah progressiver aus, als es sich dann auswirkte. Auch Lucas (16) ist der Meinung, "there was something in for everybody in the programme of the Nazi Party." Im Verlauf der Arbeit werden wir dann feststellen, welche Programmpunkte erfüllt wurden und welche nicht.[20]

Frauen im Nationalsozialismus

Das Verhältnis der Nationalsozialisten zu Frauen war, sozialpolitisch gesehen, immer ein zwiespältiges. Einerseits sollte die deutsche Frau Mutter und "Bewahrerin der Nation" sein, andererseits wurde sie aber in der Wirtschaft und später auch in der Wehrmacht dringend benötigt. Schon 1922 beklagte Hitler die "Kommunalisierung der deutschen Frau" (Fest: 219). Darunter war wohl die starke Präsenz der Frauen im Arbeitsleben und der Öffentlichkeit zu verstehen.

Diese "Kommunalisierung"[21] der Frau war eine Folge des Ersten Weltkriegs. Er hatte die Frauen gezwungen, wie ebenso später der Zweite Weltkrieg, die fehlenden Männer auf fast allen Gebieten des Lebens zu ersetzen. Die Emanzipation, die der Erste Weltkrieg den Frauen zwangsweise brachte, ließ sich nach 1918 natürlich nicht einfach wieder umkehren. Dazu fehlten zu viele Männer und die Frauen hatten eingesehen, dass sie stark genug waren auch "Männerarbeit" zu übernehmen. Sie konnten Männer ersetzen - wenn man so sagen will.

Innenminister Frick steckte das Ziel ab: "Die Mutter soll sich ganz ihren Kindern und ihrer Familie, die Frau dem Manne widmen können, und das unverheiratete Mädchen soll nur auf solche Berufe angewiesen sein, die der weiblichen Wesensart entsprechen" (Seidler: 43). Diese Zielsetzung sollte die Frau wieder aus der "Kommunalisierung" herausführen. Hitler präzisierte die Ziele 1934: Die Frau sei die "treueste Gehilfin" des Mannes und seine "treueste Freundin." Die Frau sei zuständig für eine "kleinere Welt" und der Mann für eine "größere Welt". Weiter ging er dann auf die "Kraft der Seele" (gleichbedeutend für Frauen, K.O.A.) und die "Kraft des Sehens, die Kraft der Härte, der Entschlüsse und Einsatzwilligkeit" (gleichbedeutend für Männer, K.O.A.) ein (Seidler: 43). Genau genommen konzentrierte sich der Lebenszweck der Frauen für die nationalsozialistische Ideologie auf die Fortpflanzung: das Kind. Die vielfältigen Förderprogramme zur Hebung der Geburtenrate beweisen das zusätzlich. (Siehe dort)

Sieht man über diese Grundbestimmung hinaus, so muss man feststellen, dass die Nationalsozialisten die Frau aber dem Manne als gleichwertig betrachteten. Nicht ohne Taktik. Öhquist (208) konstatiert: Ihre "Bedeutung" (die der Frau) im Volksleben ist nicht gleichartig, aber "gleichwertig der des Mannes." Dennoch "lehnten die Nationalsozialisten die Frauenbewegung der bürgerlichen Gesellschaft ab" (Richter: 438). Man wollte, bei aller Gleichberechtigung, die Frau nicht als "Konkurrentin für den Mann im Beruf" sehen. Sie sollte sich auf ihre Hauptbestimmung, "Kinder in die Welt setzen", besinnen. "Die Mutter, so hieß es, garantierte die >>Verewigung des Volkes<<". Jedes Kind, das geboren werde, so erklärte Hitler, >>sei eine Schlacht, die sie besteht für Sein oder Nichtsein ihres Volkes<<" (Richter: 438)[22] Von dieser "romantischen Auffassung" musste man bald wieder abrücken. Hatte man zu Beginn der "Arbeitsschlacht" Frauen aus dem Berufsleben herausgedrängt oder herausgelockt, um für Männer Platz zu schaffen, so mußte man die Frauen, nach Einsetzen des wirtschaftlichen Aufschwungs, wieder in das Berufsleben zurückholen. Das Aufgeben einer Berufstätigkeit war den Frauen auf verschiedene Weise schmackhaft gemacht worden. Durch Sozialmaßnahmen wie Heiratsdarlehen, verbilligte Wohnungen, Kindergeld, Lohnausgleich für die Männer, deren Frauen aus dem Berufsleben ausschieden und ideologische Erklärungen wie z. B.: "eine berufliche Tätigkeit außerhalb des Hauses sei, stets mit Nachteilen verbunden." Vergleiche hierzu Seidler, Schoenbaum und die Sopade-Berichte. Plötzlich, mit Einsetzen der wirtschaftlichen Besserung also war die Stellung der Frau abhängig >>von den Gesamtnotwendigkeiten des Volkes<<. "Nach 5 Millionen Arbeitslosen im Jahr 1933 (und mehr, K.O.A.) waren "1937 bereits wieder 11,5 Millionen Frauen berufstätig" (Richter: 438). So wurden die Frauen zur Manövriermasse der Konjunktur. (Und sie sind es bis auf den heutigen Tag geblieben, K.O.A.) 1933 erklärte Goebbels: "Die Frau solle nicht aus dem Beruf gedrängt werden, die Politik und die

>>Wehrhaftigkeit<< gehören aber allein dem Mann. Der Mann habe sich jedoch verweiblicht, die Frau vermännlicht. Hier sei es angebracht reaktionär zu sein" (Struss: 84-85). So wurden vor allem die Mädchen "auf die primäre Aufgabe der Frau im "Dritten Reich" hingewiesen: gesunde Mütter von gesunden Kindern zu werden" (Shirer 1: 288). Unter dem Slogan: "Die deutsche Frau schminkt sich nicht, raucht nicht und trinkt nicht", wollte man das Privatleben der Frauen weiter einschränken - die "Volksgesundheit" [23] diente hier als Vorwand, auch um Devisen zu sparen (Winkler: 37). Sehr oft wurden junge Frauen, die gegen dieses Verbot verstießen, von älteren Frauen auf der Straße angepöbelt. Der SA-Chef Röhm sprach sich jedoch selber gegen obige Anordnungen aus: "Die Aufgabe der SA bestehe nicht darin, über Anzug, Gesichtspflege oder Keuschheit anderer zu wachen. (...). Der SA und SS wird verboten, sich als >>Moralästheten<< aufzuspielen. Einen seltsamen "Fürsprecher" hatten da die deutschen Frauen bekommen[24] (Struss: 85). Auch in den Jugendorganisationen der Nationalsozialisten wurden die Mädchen wie die männlichen Jugendlichen behandelt und machten "lange Märsche mit Gepäck" (Shirer 1: 288).

Die geplante und angelaufene Wiederbewaffnung, und die von den Nationalsozialisten als unausweichlich angesehene Möglichkeit eines Krieges machten es erforderlich, durch Gesetze Arbeitsmarktregelungen vorzusehen und auch durchzuführen. Das Wehrgesetz vom 21. Mai 1935 verpflichtete im Krieg jeden deutschen Mann und jede deutsche Frau "zur Dienstleistung fürs Vaterland". Auf der Basis dieser Ermächtigung organisierte die Reichsführung bereits vier Jahre vor Beginn des Zweiten Weltkriegs die Mobilisierung der Frauen, die aber offensichtlich nicht voll genutzt worden ist (Seidler: 44). Lucas (60) vertritt diese Meinung ebenfalls: "When one compares the work undertaken by British and Russian women during the Second World War it becomes abundantly clear, that for the greatest number of those years of conflict the majority of German women had no conception of what was implied by the term of total war.[25] British women laboured hard and long in factories and the services. They flew aircrafts, served on anti-aircraft batteries and carried out a wide variety of tasks for which they could have been considered unsuitable in pre-war days. In Russia the employment of women on war duties went even farther and they served as fighter pilots, in infantry regiments as snipers, in partisan detachments and in the heaviest industries." Das, so fährt Lucas fort, ereignete sich im Kriegsdeutschland erst sehr viel später, und dann war die Mehrzahl der Helferinnen nicht freiwillig, sondern RAD-Angehörige (etwa 50.000). Später, so räumt Lucas dann ein, waren es mehr als eine halbe Million Frauen im Einsatz. Lucas hat insofern Recht, als die Nationalsozialisten zynischerweise die deutschen Frauen in (mindestens) zwei große Klassen einteilten: in "Arbeitspferde" und "Rassepferde". Die hochwertigen Frauen, die "Rassepferde", hatten die Kinder zu bekommen. Ferner, so Göring, wären die hochwertigeren Frauen die Kulturträgerinnen, und dürften nicht dem Gespött und dem dummen Gerede der einfachen Frauen (am Arbeitsplatz, K.O.A.) ausgesetzt werden (Westenrieder: 95). Keine Frage, dass die Kulturträgerinnen immer aus der besser gestellten Bevölkerungsschicht stammten (siehe auch Bergschicker). Wenn das allen Hitler-Anhängerinnen bekannt gewesen wäre! In Großbritannien wurden, wie Ward Rutherford berichtet, auch die königlichen Prinzessinnen nicht ausgenommen. Die damalige Prinzessin Elizabeth, heute Königin von Großbritannien, diente in den weiblichen Abteilungen der Armee und erlernte dort das Handwerk einer Kfz-Mechanikerin. Sie ist noch heute stolz darauf, ein Auto ebenso schnell wie ein männlicher Mechaniker reparieren zu können. Ein klein wenig PR dürfen wir aber auch hier unterstellen. Das Luftschutzgesetz vom 29. Juni 1935 wurde ebenfalls für "einen großen Kreis junger Frauen" bedeutungsvoll, die während des Kriegs zu Luftschutzhelferinnen herangezogen wurden (Seidler: 44). Ein weiterer Schritt, Frauen wieder in den Arbeitsprozess einzugliedern, um wehrfähige Männer freizubekommen, folgte.

Mit der "Verordnung zur Sicherstellung des Kräftebedarfs für Aufgaben von besonderer staatspolitischer Bedeutung" vom 22. Juni 1938, also schon unter dem Eindruck eines nahenden Krieges, konnten deutsche Staatsangehörige "für eine begrenzte Zeit" zur

Arbeitsleistung verpflichtet werden. Es wurden in diesem Zusammenhang besondere Richtlinien für Frauenarbeit erlassen, die die Fähigkeit der Frau als Arbeitskraft aber eher gering einschätzten (Seidler: 45).

Es passte nicht in die nationalsozialistische Ideologie, nach der die Frau Hüterin des Herdes, Mutter der Familie und Stütze des Ehemannes war, dass sie im Laufe des Krieges immer mehr zur Kampfgefährtin des Mannes - im wahren Sinne des Wortes - wurde. Die ideologische Gratwanderung begann, als 1940 die ersten Helferinnen in Uniform in die besetzten Gebiete kommandiert wurden (Seidler: 126). Um die "Fraulichkeit bei der Übernahme männlicher Funktionen nicht zu gefährden", wurden groß angelegte Betreuungsmaßnahmen organisiert, die aber hier nicht behandelt werden. Die Vorgesetzten wurden jedenfalls verpflichtet, "die Frauen vor den unmittelbaren Gefahren des Krieges zu schützen", insbesondere bei der Räumung gefährdeter Front- oder Landesteile. Das hat leider nicht immer funktioniert. Eine vitale Schutzmaßnahme wurde einigen Abteilungen der uniformierten Wehrmachtshelferinnen nicht zuteil: der Kombattantenstatus.[26] Die Frauen, die während des Dienstes Uniform trugen und Wehrmachtsangehörige waren, waren nach Dienstschluss wieder Zivilistinnen. Dieses Zwitterstadium gefährdete sie im Falle einer Gefangenschaft erheblich, da sie keiner internationalen Konvention unterstanden. Auf eine Wiedergabe von Gräuelberichten soll hier verzichtet werden. Zweifellos haben jedoch viele Frauen durch Fremdeinwirkung gelitten - über die Belastungen hinaus, die ein Krieg ohnehin mit sich brachte.

Ein Hilfstrupp besonderer, elitärer, Art waren die SS-Helferinnen. Da sie der SS unterstellt waren, wurden sie besonders sorgsam nach rassischen und ideologischen Grundsätzen ausgewählt und trainiert. Es muss betont werden, dass es keine KZ-Aufseherinnen waren. Sie versahen Hilfsdienste ebenso wie die Wehrmachtshelferinnen, nur eben bei der SS. Auch hier wurden sie für nicht kombattante Tätigkeiten eingesetzt, um SS-Männer für die Front freizusetzen. "Himmlers Bild von den SS-Helferinnen orientierte sich weitgehend am finnischen Lottakorps.[27] Es imponierte ihm, dass in Finnland alle

Offiziere, Unteroffiziere und Soldaten ohne Ansehen des Ranges jede Lotta zuerst grüßten" (Seidler: 192).

"Mitte 1944 wurden Frauen auch im technischen Dienst der Luftwaffe eingesetzt. Der Öffentlichkeit wurde es als Triumph der deutschen Frau vorgestellt, wie sie mit der Technik zurechtkam". "Diese Erfahrung hat gezeigt, dass die deutsche Frau für technische Arbeiten begabt und anstellig ist. (...) "[28] (Seidler: 60, 72). Trotz der sich androhenden Niederlage wurden deutsche Frauen nicht in der kämpfenden Truppe eingesetzt: "Hitler entschied jedoch Ende 1944, dass er keine "Flintenweiber" wollte, so kämpften keine Frauen im Volkssturm und bekamen, bis auf wenige begründete Selbstschutzmaßnahmen, auch keine Handfeuerwaffen" (Seidler: 60). Vorkommnisse, wie Lucas sie berichtete, nach der junge Mädel Panzer mit panzerbrechenden Waffen angegriffen haben sollen, wurden nicht bestätigt gefunden.[29]

Gefunden wurde allerdings ein Hinweis darauf, dass ab 23. März 1945 erstmals freiwilligen Frauen der Einsatz zum Kampf mit der Feuerwaffe erlaubt sei (vergleiche Dörte Janzen). Am Ende des Zweiten Weltkriegs waren etwa 450.000 Frauen - ohne die im Krankendienst tätigen - in der Wehrmacht beschäftigt (Seidler: 60). Weitere, härteste Belastungen und Prüfungen kamen auf die Frauen nach Beendigung des Krieges zu, die sie aber ebenfalls meisterten. Das so gewonnene Selbstvertrauen und Stolz auf die eigene Leistung, ließen sie sich nicht mehr abnehmen, wie man verstehen kann.

Arbeitsbeschaffungsprogramme - die "Arbeitsschlacht"

Mit der zuvor genannten "Hypothek von sechs Millionen Arbeitslosen", die die Nationalsozialisten versprochen hatten in Arbeit und Lohn zu bringen, bedurfte es schon einiges an Ideen, dieses Versprechen auch zu halten. Die so genannte "Arbeitsschlacht" war der Überbegriff für alle Maßnahmen und Programme, mit denen das hochgesteckte Ziel, die Beseitigung der Arbeitslosigkeit, erreicht werden sollte. Die Bezeichnung "Arbeitsschlacht" für Arbeitsbeschaffungsprogramme beweist einmal mehr die Vorliebe der

Nationalsozialisten für militärische Termini - ebenso wie jede Geburt "eine Schlacht für das Volk sei, von der Frau und Mutter geschlagen" oder die "Erzeugungsschlacht" der Landwirtschaft. Die Nationalsozialisten waren sich darüber im Klaren, dass die Beseitigung der Massenarbeitslosigkeit für ihr Überleben von größter Bedeutung war. Sie zweifelten nicht daran, dass sie "keine Wahl hatten, ob sie eine großzügige Arbeitsbeschaffung durchführen wollen oder nicht. Sie mussten gerade auf diesem Gebiet schnell zu sichtbaren Erfolgen kommen, um ihre Macht zu halten und zu sichern" (Sopade 1934: 582). Die initiierten Arbeitsprogramme waren nicht alle neu oder der nationalsozialistischen "Denkfabrik" zu verdanken. In der einen oder anderen Form existierten bereits Arbeitsbeschaffungsmaßnahmen aus der Weimarer Republik oder anderen Ländern. Einige Ideen waren, zugegebenermaßen, auch neu. Mit Abstand betrachtet waren die Arbeitsbeschaffungsmaßnahmen nichts großartiges, aber die Nationalsozialisten verstanden es, mit dem was sie begannen, das Volk zu begeistern. "Durch eine nicht abreißende Kette von Grundsteinlegungen und Ersten Spatenstichen schuf er (Hitler, K.O.A.) eine Art Mobilmachungsbewußtsein und eröffnete in Hunderten von Ans-Werk-Reden Arbeitseinsätze". "Dieses Vermögen, Initiative und Selbstvertrauen zu wecken, war um so erstaunlicher, als Hitler über kein konkretes Programm verfügte" (Fest: 590).[30] Kritiker sprachen von einer Regierung "der permanenten Improvisation".

Die materielle Besserung machte sich zwar erst ab 1934 bemerkbar, aber eines wurde schon vorher erreicht: Das deutsche Volk "schloss die Reihen fest", wie es das Horst-Wessel-Lied forderte.[31] Die rasche Überwindung der Massenarbeitslosigkeit wird von Fest (594) auch auf den ideologiefreien Pragmatismus Hitlers zurückgeführt. Dies ist kein Widerspruch in sich. Hitler vertrat zwar die nationalsozialistische Ideologie, war aber bereit, um der Sache oder des Erfolges willen auch auf selbst aufgestellte Forderungen zu verzichten, wenn sich diese als hinderlich erwiesen.[32] Fest kommt zu dem Schluss, dass viele Arbeitsbeschaffungsprogramme der "Arbeitsschlacht" schon während ihrer Durchführung und erst recht im Nachhinein kritisiert werden konnten, "aber sie erlaubten eine energische Geste" (Fest: 594). Wesentlicher Faktor des Wiederaufschwungs war die Wiederbewaffnung, die weite Kreise der Wirtschaft einschloss - über die Metallindustrie, Klein- und Mittelbetriebe als Zulieferer, Bauwirtschaft und vor allem wehrpflichtige Arbeitslose von der Straße holte. Ferner sorgte die verpflichtende Einführung des Arbeitsdienstes für eine weitere Zunahme der Beschäftigungszahlen/Abnahme der Arbeitslosenzahlen. Es wurde praktisch eine Vollbeschäftigung erreicht. Weitere „Taschenspielertricks“ verringerten die Zahlen zusätzlich. (siehe auch „Maßnahmenkatalog der „Arbeitsschlacht“) Wie aber bereits erwähnt, erholte sich auch die Weltwirtschaft und trug ihren Teil zum Aufschwung bei. Die zusätzlichen Ausgaben für die Rüstung zeigt die Tabelle hier:

	1933	1934	Zuwachs (Mio. RM)
Reichswehr	485	658	173
Reichsmarine	186	236	50
Luftwesen	75	210	135
SA ---	250	250	

Tabelle: Rüstungsausgaben im Dritten Reich 1933 bis 1934[33]

Volkswirtschaftlich gesehen war natürlich das Kapital, das in die Wiederaufrüstung investiert wurde, totes Kapital - es amortisierte sich nicht. Dennoch schaffte es einen sichtbaren Wohlstand, wenn auch auf Wechsel. Diese Wechsel mussten irgendwann einmal eingelöst werden.[34] Aus der Vielzahl großer und kleiner Maßnahmen der Arbeitsschlacht hier eine auszugsweise Auflistung, die, bis auf die vorgesehenen Projekte und Maßnahmen, undiskutiert bleiben.

Maßnahmenkatalog der "Arbeitsschlacht":

Wiedereröffnung unrentabler (geschlossener) Betriebe, zwangsweise Übernahme zusätzlicher, nicht benötigter Arbeitskräfte, Arbeitslose werden in die "Landhilfe" abgedrängt und erscheinen so nicht mehr in den Arbeitslosenstatistiken, Jugendliche opfern "freiwillig" ihren Arbeitsplatz und gehen aufs Land oder in den Arbeitsdienst, Aufrufe und Appelle an Arbeitgeber, alle Möglichkeiten auszuschöpfen und Arbeitsplätze zu schaffen, Aufforderungen an Hauseigentümer, die Häuser zu renovieren, umzubauen oder anderweitig zu verändern (Bauwirtschaft). Zwangskauf des "Arbeitsschlacht Abzeichens" zur Mittelbeschaffung, Einsatz in Berufen ohne Rücksicht auf den erlernten Beruf. "Ehefrauen zurück ins Heim" (wurde bezuschusst), Förderung der Eheschließung - Ehefrauen räumen den Arbeitsplatz, junge Arbeiterinnen werden zu Hausgehilfinnen, Arbeitslose werden, mit wenig mehr Lohn als die Arbeitslosenunterstützung beträgt, zu Notstandsarbeiten verpflichtet (genötigt), "Bereinigen" von Arbeitslosenstatistiken, verstärkte Zuweisung zum (noch) Freiwilligen Arbeitsdienst, Autobahnbau, Straßenbau, wiederholte Entlassungen und Neueinstellungen derselben Arbeitnehmer gaukelt steigende Einstellungszahlen vor, Arbeitslose werden auf "unbestimmte Zeit beurlaubt" und werden aus der Arbeitslosenstatistik gestrichen, Lohnkürzungen, Durchführung "moralischer" aber unwirtschaftlicher Projekte, Aufforstungen, Landgewinnung, welches jedoch teilweise unfruchtbar und nicht bestellbar war, "freiwillige", unbezahlte Mehrarbeit - Erlöse dienten zur Finanzierung der "Arbeitsschlacht". Pflicht- und Zwangsarbeit ohne Entlohnung gegen Materialgutscheine, agrarpolitische Maßnahmen, Steuerermäßigungen, Abbau öffentlicher Unterstützung, zweckentfremdete Verwendung von Sparkassen und Versicherungsguthaben, Regulierung von Flussläufen. (Alle Maßnahmen wurden dem Sopade Jahrgangsband 1934 entnommen, siehe dort.)

Bedenkenloser als seine Vorgänger in der Weimarer Republik, aber auch entschlossener als sie, ließ Hitler die Produktion ankurbeln. Hitlers ironische Formel: <<Große Lügner sind auch große Zauberer>> bekam so einen überraschenden Sinn (Fest: 597). Die Politiker der Weimarer Republik wollten unter keinen Umständen eine erneute Inflation anheizen und zögerten größere Aufbauprogramme aus diesem Grund hinaus. Hitler sah das weniger eng. Hans Luther, Präsident der Reichsbank, der mehr sparen wollte, wurde kurzerhand gefeuert. Hjalmar Schacht, das Finanzgenie, wurde eingestellt und erfüllte geschickt die Finanzierungspläne der Nazis (Bullock: 251, 375). Alle diese Maßnahmen wirkten zusammen. 1934 wurden noch 3 Millionen Arbeitslose gezählt, aber auch bereits ein Mangel an Facharbeitern festgestellt. 1936 war die Vollbeschäftigung erreicht (Fest: 598). Zischka (ein Nazi) (158-59) jubelte 1940 enthusiastisch: "Mit dem Sieg des Nationalsozialismus war das Recht auf Arbeit, der Platz in der Volksgemeinschaft nicht nur feierlich verbürgt, es war auch Arbeit überreichlich geschaffen worden (...)." Er vergleicht dann Programme in Amerika, Großbritannien und Weimar-Deutschland mit den nationalsozialistischen Maßnahmen und kommt zu dem propagandistischen Schluss, dass diese Programme alle "eine einmalige Hilfe" gewesen seien – nichts von Dauer. Heute fünfzig Jahre später, sind wir kundiger geworden.

„Arbeitsbeschaffung" durch Vertreibung und Vernichtung

Es soll an dieser Stelle nicht verschwiegen werden, dass Arbeitsplätze auch auf inhumane Art "geschaffen" wurden. Alle jene Menschen, die dem Regime missliebig waren und aus dem öffentlichen Leben, aus ihren Stellungen und Ämtern entfernt wurden, "schufen" auf diese Art und Weise freie Stellen, die durch Parteigänger, Günstlinge oder auch einfach nur durch "arische Deutsche" wieder besetzt wurden. Ganze Berufsgruppen wurden jüdischen Mitbürgern verschlossen. Dahinein rückten Deutsche. Die sog. Arisierung "schaffte" ebenfalls Arbeit und Brot für Deutsche. Bis später Emigration, Massendeportationen und Vernichtungen gar Lücken hinterließen, die nicht alle mit Volksgenossen geschlossen werden konnten - denkt man z.B. an Köpfe wie Einstein, Klee, Kandinsky, Gropius, van der Rohe und andere mehr. Zuallererst machten sich diese Berufsverbote bei Selbständigen wie Rechtsanwälten, Ärzten, Künstlern, Hochschullehrern, Forschern und Händlern (Kaufleuten) bemerkbar. Aber auch Forstassessoren und Hebammen durften jüdische Mitbürger nicht mehr werden, ganz zu schweigen vom Dienst in der Wehrmacht. Immerhin hatten 120.000 deutsche Juden im Ersten Weltkrieg ihr Leben für Deutschland gelassen. Die "Säuberung des deutschen Beamtentums" haben wir schon weiter oben behandelt. So gesehen, ergaben sich natürlich auch Arbeit und Brot für arische Volksgenossen. Eine genaue Zahl wird sich wahrscheinlich nie ermitteln lassen, aber gemessen am Anteil jüdischer Mitbürger und anderer, aus ihren Berufen gejagter Mitmenschen, kann es dennoch eine recht große Anzahl gewesen sein. Das aber ist hier Spekulation. Dieses Thema wäre von der Bedeutung und dem Umfang her eine eigene Abhandlung wert und sollte hier Fairerweise nicht unerwähnt bleiben. Die Autobahn - erst später Reichsautobahn genannt - als das Arbeitsbeschaffungsmittel der Nationalsozialisten par Excellenze aufgeführt, soll als Beispiel der erfolgreichen Übernahme - besser Plagiats - fremder Ideen durch die Nationalsozialisten dienen und wird im folgenden Kapitel ausführlicher behandelt.

Die Autobahn – „Reichsautobahn“

"Politische Legenden sind keine bloßen Lügen. Sie knüpfen vielmehr an tatsächliche Geschehnisse an, verfälschen aber dennoch die Wahrheit. Legenden lassen sich nicht durch Anti-Legenden zerstören. Gegen Legenden hilft nur die volle Wahrheit"(Winkler: 6). Eine solche gefährliche Legende rankt sich um die Nationalsozialisten und die Autobahn - die Reichsautobahn. Stellen wir gleich zu Beginn fest: "Die Autobahnen sind keine Erfindung der Nationalsozialisten, sie hatten nicht als erste die Idee und taten auch nicht den ersten Spatenstich" (Winkler: 7-9). Nachfolgender, veränderter, chronologischer Überblick über die Entwicklung der Autobahnen wurde dem Buch Winklers entnommen - vergleiche dort:

1909 Erste Pläne für eine "Automobil-Verkehrs- und Übungsstraße GmbH (AVUS)" in Berlin.

1912 Baubeginn einer Autobahn (AVUS), der durch Beginn des Ersten Weltkriegs eingestellt wurde.

1918-1921 Die AVUS wird zur ersten Automobilausstellung in Berlin fertig gestellt. 9,8 Kilometer zweispurige Straße. Erste Autobahn der Welt.

1924 Eine "Studiengemeinschaft für den Automobilstraßenbau" (Stufa) legt weitere Pläne und Autobahnprojekte vor.

1926 Pläne für den Bau der Autobahn Frankfurt - Basel (HAFRABA = Hansestädte Frankfurt - Basel). Die Trasse Köln-Düsseldorf-Ruhrgebiet wird vermessen.

1927 Entwurf für ein Autobahnnetz liegt vor. Verschiedene kleine Teilstrecken im Bau begriffen oder im Planungsstadium.

1931 "Erster Internationaler Autobahnkongress" tagt. Schaffung europaweiter Verständigung durch den Bau eines Autobahnnetzes.

1932 Ein 20 km-Teilstück Autobahn Köln-Bonn wird in Betrieb genommen.

Die Weimarer Reichsregierung zauderte, weitere Autobahnen zu bauen, da sie auf keinen Fall ein Anheizen einer neuen Inflation wollte (Fest: 597). (Restriktive Ausgabenpolitik Brünings, K.O.A.) Es wurden andere Alternativen zur Arbeitsbeschaffung bedacht: Wohnungsbau, allgemeiner Straßenbau, Energieversorgungsanlagen- und Eisenbahnbau. Die Automobildichte in Deutschland mit einem Kraftwagen je 100 Einwohner, ließ eine Autobahn auch als Luxus erscheinen. (Winkler: 8). Nachfolgend eine chronologische Aufstellung der Autobahnbauaktivitäten:

1933: Fertige Pläne werden Hitler vorgelegt. Er erkannte den Propagandawert und gründete am 27. Juni 1933 die Gesellschaft "Reichsautobahnen". Der neue Begriff sollte die "Reichsidee" betonen. Die Vorarbeiten, die andere geleistet hatten, waren so gründlich, dass bereits drei Monate später mit dem Bau begonnen werden konnte.

1938: Von geplanten 6.900 km Autobahn sind 3.000 km fertig gestellt. Bis 1945 kamen dann nur noch 832 km dazu (Winkler: 9-11; Richter: 447).

Hitler hat den Autobahnbau gegen der Widerstand von Teilen der Partei durchgesetzt. Es war der mehr "soziale" Flügel in der NSDAP unter der Führung des Wirtschaftstheoretikers Gottfried Feder, der keine Autobahnen für Reiche wollte. Die rührige Propaganda hat dann die Nazis als "Autobahnerfinder" aufgebaut. 1935 arbeiteten etwa 135.000 Menschen an den "Straßen des Führers". Da die Baustellen oft fern der Wohnungen lagen, und ein täglicher Arbeitsweg nicht möglich war, wurden "Reichsautobahnlager" eingerichtet. Diese "Reichsautobahnlager", Massenlager von Arbeitskräften, wurden politisch intensiv bearbeitet (Winkler: 9). Tatsächlich boten die fertigen Autobahnen eine vorzügliche Infrastruktur zur schnellen Verschiebung von Truppen. Einen Nachteil hatten die Autobahnen, der aber erst später offensichtlich wurde: sie boten feindlichen Bombern gute Orientierungsmöglichkeiten und waren selber ständigen starken Angriffen ausgesetzt (Winkler: 11).

Zusammenfassend kann man sagen, so Winkler, waren die Autobahnen ein Erfolg und eine große technische Leistung. Nur: Es waren nicht die Nationalsozialisten, denen das Verdienst zugeschrieben werden kann (Winkler: 11). Sie sprangen, wenn man so sagen darf, auf einen fahrenden Zug auf. Den modernen Massenverkehr hatte Adolf Hitler am 25. Juni 1937 bei der Einweihung eines Autobahnteilstückes vorausgesagt, aber die Verwirklichung fand nicht mehr im "Dritten Reich" statt. Er sagte: "Auf diesen Straßen wird sich in wenigen Jahrzehnten ein gewaltiger Verkehr abspielen, an dem das ganze Volk teilhaben wird. Millionen unserer Volkswagen, die großen Omnibusse unserer KdF-Fahrten und gewaltige Fernlast- und Reise-Transporte werden über diese Straßen rollen" (Wucher: 5). Zunächst waren es aber Truppentransporte und Materiallastwagen, die die schönen neuen Straßen benutzten und die dann in Schutt und Asche sanken.

Für die Erbauer der Autobahnen lag eine gewisse "Philosophie" zugrunde: "Die Straße ist nicht gradlinigste oder wirtschaftlichste Fahrfläche zwischen zwei geographischen Punkten, sondern würdigste Verbindung von Landschaft zu Landschaft, welche nüchterne Notwendigkeit verschönt und mit kulturellem Höchstwert verschmilzt" (Wucher: 11).

Das Volkswagensparen

Wie zuvor erwähnt, war die Automobildichte im Deutschen Reich mit einem Kraftwagen auf 100 Einwohner als ausbaufähig anzusehen (Winkler: 8). Das sahen auch die Nationalsozialisten und begannen den Automobilbau bereits im Rahmen der "Arbeitsschlacht" zu fördern. Dennoch war ein Automobil für den Durchschnittsbürger zu teuer. Da halfen auch keine steuerlichen Förderungen, um einen großen Durchbruch zu erzielen. So musste ein für die Massen erschwingliches Automobil entwickelt werden. 1937 begann die subventionierte Entwicklung eines KdF-Wagens[35], der erst später Volkswagen genannt wurde (Schoenbaum: 144). Der Wagen sollte im Preis um 990 Reichsmark liegen, damit ihn das Volk kaufen konnte. Zu diesem Preis konnte ihn die Privatwirtschaft nicht bauen, so war der Staat gefordert (Shirer 1: 300). Aus verständlichen Gründen war die etablierte Industrie am Bau des Wagens nicht interessiert und behinderte seine Entstehung ständig (Lanz). Am 20. April 1938 stellt der Konstrukteur Ferdinand Porsche ein Modell des Volkswagens vor - zu Hitlers 49. Geburtstag (Lorant: 269). An diesem Entwurf soll Hitler persönlich mitgearbeitet haben (Shirer 1: 300). Am 26. Mai 1938 legte Hitler in Wolfsburg den Grundstein für das Volkswagenwerk (...) (WamS v. 27.08.89). Für die eigentliche Finanzierung des Werkes wurden die Arbeiter herangezogen - die zukünftigen Kunden. Sie sollten durch Ratenvorauszahlungen - fünf Mark in der Woche oder auch mehr, wenn sie es sich leisten konnten - das Kapital stellen (Shirer 1: 301). Sie sparten also den Wert des Wagens an. Aus diesem Grund hieß die Aktion auch "Volkswagensparen". "Nach Einzahlung von 750 Mark erhielt der

Anwärter eine Bestellnummer, die ihm das Recht auf Lieferung eines Wagens gab, sobald er fertig gestellt war" (Shirer 1: 301). "Der Volkswagen, der tatsächlich nie zu privater Verwendung freigegeben wurde, aber die nützliche Aufgabe erfüllte, Geld (...) aus dem Verkehr zu ziehen, fand schließlich seinen Platz als ein militärisches Allzweckfahrzeug" (Schoenbaum: 144).[36] "So hat keiner der fast 300.000 Volkswagensparer (Stand vom November 1940, K.O.A.) jemals seinen Volkswagen gesehen" (Winkler: 11). An diesem Projekt zeigen sich zwei Dinge: Die "Volksmotorisierung" war der entscheidende Schritt auf dem Weg zu einem modernen - motorisierten Krieg (Winkler: 11). Ferner fiel dem Volkswagen die "interessante soziologische Aufgabe zu, das Auto, das bis dahin ein bürgerliches Statussymbol war, zumindest potentiell für die Arbeiterklasse erreichbar zu machen" (Schoenbaum: 144). Ein zusätzlicher, volkswirtschaftlicher Effekt war die Abschöpfung überflüssiger Kaufkraft im Volk. "Die Serienproduktion für Zivilfahrzeuge lief erst 1946 an - mit ungeheurem Erfolg. Mit fast 21 Millionen Stück wurde der Volkswagen zum erfolgreichsten Automobil der Welt" - in einer demokratischen Gesellschaft (WamS v. 27.08.89). Zwischenzeitlich sind es aber wesentlich mehr geworden.

Den Volkswagensparern wurde, sofern sie ihre Beiträge nachweisen konnten, im Zuge der Währungsreform im Nachkriegsdeutschland ein geringer, abgewerteter Betrag ihrer Ersparnisse vergütet.[37] oder ein Nachlass beim Kauf eines neuen Nachkriegs-VWs gewährt (Barth, 2012). Der Volkswagen-Kübelwagen bewährte sich an der Front ebenso wie das alliierte Gegenstück der Jeep. (Rutherford)

Die Legende Volkswagen gehört ebenso zum nationalsozialistischen Deutschland wie die Autobahnen. Während letztere aber schon lange vor den Nazis entworfen und gebaut worden sind, ist der Volkswagen (KdF-Wagen) tatsächlich ein Produkt des "Dritten Reiches". Zum echten Volkswagen und zur friedlichen Nutzung wurde und gelangte er aber erst nach dem "Dritten Reich". Eine, im Vergleich zu den Autobahnen, umgekehrt verlaufene Entwicklung.

Die Bürgersteuer und das „Eiserne Sparen“

Die Nazis waren, was weitere Wege an das Geld der Bürger zu kommen, recht erfinderisch resp. nutzten alte Quellen weiter. Zwei dieser Möglichkeiten waren die Bürgersteuer und das „Eiserne Sparen.

Die Bürgersteuer

Die Bürgersteuer war eine Zwangssteuer, die aus den 1920er Jahren übernommen und erst 1942 abgeschafft wurde. Diese Steuer wurde ungeachtet der wirtschaftlichen Leistungsfähigkeit der Bürger erhoben.

„Eisernes Sparen“

Zwischen 1938 und 1943 stiegen die Löhne trotz steigender Lebenshaltungskosten stärker an. Aus Mangel an Konsumgütern („Lücken“ genannt, K.O.A.) ergab sich daraus ein Kaufkraftüberschuss und dieser sollte durch das „Eiserne Sparen“ ab 1941 abgeschöpft und Finanzmittel zur Kriegsführung gesammelt werden. Es sollten bis zu 26 RM pro Monat gespart werden. Als Anreiz dafür waren diese Beträge dann steuerfrei und von Sozialabgaben befreit. So erhöhte sich die Rendite über die Zinsen hinaus. Nach dem Krieg sollten dann die Beträge ausgezahlt werden. Der Erfolg dieser Idee war aus verschiednen Gründen unbefriedigend. Nach dem Krieg wurden diese Spezialkonten in normale Sparkonten umgewandelt und nachweisbare Beträge im Verhältnis 10: 0,65 auf die DM umgestellt und nicht entschädigt. (Wikipedia).

Man kann im weitesten Sinn die heutigen „Vermögenswirksamen Leistungen“ mit dem „Eisernen Sparen“ vergleichen. Nur, das man das Ersparte dann auch genießen kann.

Die Volksempfänger VE 301, DAF 1011 und das Volksfernsehen V 1

Aus den Schützengräben des Ersten Weltkriegs wusste man, dass sich durch Radiosendungen aus der Heimat bei den Soldaten Stimmungen erzeugen und Meinungen schaffen ließen (Sprechende Wellen, Bredow:1). Das Radio war also das ideale Agitationsmittel und aus diesem Grund versuchten/versuchen immer die Mächtigen, die Anlagen für Sendungen in ihrem Einflussbereich zu halten - unabhängig von der vorherrschenden Politik. Das galt natürlich auch und erst recht für die Nationalsozialisten, die schon vor der eigentlichen "Machtergreifung" ein Radio für alle gefordert hatten. War auch nach dem Ersten Weltkrieg die Entwicklung des Funk- und Sendewesens stürmisch verlaufen, so besaß doch längst nicht jeder ein Radiogerät. Die Zahl der Geräte blieb klein, da die Geräte teuer waren, und für den kleinen Mann blieben sie Luxus. So war es in der Tat den Nationalsozialisten vorbehalten, einen preiswerten Apparat für die breite Masse herzustellen: den Volksempfänger.

Goebbels hatte den Wert des Radios als Massenmedium schlechthin erkannt. Goebbels: "Wenn alle Deutschen ein Radio besitzen, dann könnten sie, wie die Soldaten im Ersten Weltkrieg zu einer engen Hörergemeinschaft verbunden werden. Sie könnten zu einer Volksgemeinschaft zusammenwachsen, die über das Radio miteinander verschaltet das Gleiche denken und fühlen." Das Motto der Rundfunkausstellung von 1936 war denn auch: "Der Rundfunk formt den deutschen Menschen im Sinne Adolf Hitlers." Da es noch kein Fernsehen gab, galt unter den Nationalsozialisten die Devise: „Nur wenige können den Führer sehen, aber die meisten hören". Waren es zu Beginn auch mehr Gruppen- oder Gemeinschaftssäle, in denen gemeinsam den Reden des Führers gelauscht wurde, so wurden doch zweifellos viele Menschen erreicht. Man wollte jedoch auch in die Wohnungen - nicht nur in die Gemeinschaftssäle (WDR). Das Endziel war, dass die „Ohren der Zuhörer an das Radiogerät angekoppelt werden." Das Radio sollte ein unentbehrlicher Teil des Lebens werden. Goebbels in einer Rede 1939: „Jeder stellt den

Empfänger nach Bedarf und Geschmack ein, entscheidend aber ist, dass er ihn einstellt. Hören müssen den Rundfunk alle - er ist da. Er kann gar nicht mehr umgangen werden" (WDR).

Der „Volksempfänger VE 301" war ein preiswertes Radiogerät. Für 76 Reichsmark konnte ihn sich fast jeder kaufen. Allein 1934 wurden eine Million Stück verkauft (Richter: 445). Im Oktober 1937 wurde der Preis um 11 RM und im März 1938 noch einmal um 5% gesenkt (Overesch 1: 391, 434). Insgesamt war ein Anstieg an Geräten von 1933 bis 1942 von 4,5 Millionen auf 16 Millionen Stück zu verzeichnen (Rudnick: 153). Da, wie erwähnt, ausländische Zeitungen und Zeitschriften weitgehend verboten waren, blieben den Deutschen nur die gleichgeschalteten Presseerzeugnisse und der Rundfunk, der ebenfalls zentral gesteuert war. Goebbels soll in der Lage gewesen sein, sich in jede Rundfunksendung im Reich einschalten zu können, falls er es wünschte. Ausländische Sender zu hören war, zuerst zumindest, verpönt. Später wurde es sogar unter Todesstrafe gestellt. Der Schauspieler Jupp Hussels machte das in Kinospots "klar". So konnte also über das Radio fast jeder deutsche Haushalt erreicht und mit Propaganda berieselt werden. Da immer nur positive Meldungen über das Radio kamen, und Joseph Goebbels "Propagandaminister"[38] war, nannte der Volksmund den Volksempfänger auch bald "Goebbelsharfe".[39] Aber auch der Spitzname "Goebbelsschnauze" soll im Umlauf gewesen sein. Der billige Volksempfänger war demnach ein echtes Danaergeschenk.

Um auch noch die Minderbemittelten propagandistisch zu erreichen, wurden Radiogerätesammlungen durchgeführt. Diese gesammelten Geräte wurden dann als "soziale Tat" verteilt. Wenn man dem Radio auch im "Dritten Reich" einen gewissen Unterhaltungs- und Informationswert nicht völlig absprechen kann, so war dieses "soziale Geschenk" aber auch ein Trojanisches Pferd. In seinem Schlusswort vor dem Nürnberger Kriegsverbrechergericht sagte Albert Speer folgendes aus: „Durch die Mittel der Technik, wie Rundfunk und Lautsprecher, wurde achtzig Millionen Menschen das selbständige Denken genommen; sie konnten dadurch dem Willen eines einzelnen hörig gemacht werden.“ (Heydecker 2: 463)[40] Über die Hälfte des deutschen Volkes (30-40 Millionen) konnten 1938 über das Radio erreicht und angesprochen werden (WDR). Hitler, der bei Auftritten vor Publikum - also live, wie man heute sagt - seine Hörer in Bann schlug, war als Radiosprecher nur mittelmäßig. Goebbels dagegen verstand es, als Redner aus dem Radio ein Teufelsinstrument zu machen. Er beherrschte den besonderen Stil der Darbietung, den das Medium Radio erfordert, hervorragend (Rutherford). Ein „Konkurrenzprodukt“ war das DAF 1011 Gerät, das etwas aufwendiger gestaltet war als der originale Volksempfänger. Diesem Gerät war aber aus technischen Gründen kein großer Erfolg beschieden. Der Initiator war die Deutsche Arbeitsfront (siehe rundfunkgeschichte).

Ein Zwilling des Volksempfängers war bzw. sollte das Volksfernsehen (Einheitsfernsehen/E1) werden. Es war als weiteres Glied in der Propagandakette gedacht. Jetzt würde man den Führer hören und sogar sehen können.

Anlässlich der Deutschen Rundfunkausstellung in Berlin 1939 wurde das Volksfernsehen, Gerät E1, zu RM 635,-- das Gerät, vorgestellt. Die Materialanforderungen der Wehrmacht, der Krieg also, ließen dieses Projekt dann aber platzen. Als erste Serie waren 100.000 Geräte geplant. Obwohl seit 1929 in Deutschland mit dem Fernsehen experimentiert wurde, und es seinen ersten überwältigenden Auftritt während der Olympiade 1936 in Berlin hatte, besaßen 1939 nur wenige „Auserwählte" einen Fernsehempfänger: Regierungsmitglieder, Parteigrößen, Wissenschaftler und Unternehmer (Bayerischer Rundfunk: Radio Radio). Eva Braun, Hitlers Geliebte, soll in ihrem Münchener Haus ebenfalls einen Fernsehempfänger gehabt haben. So machte der angezettelte Krieg ein weiteres Zivilprojekt zunichte.

Zur Eröffnung des Fernsehsendebetriebs 1936 sandte Reichssendeleiter Eugen Hadamowsky ein enthusiastisches Telegramm an Hitler (gekürzt):

„Mein Führer!
Die Reichssendeleitung meldet Ihnen hiermit über den Fernsehsender Berlin-Witzleben und anschließend durch Kabeltelegramm den Beginn des ersten regelmäßigen Fernsehprogrammbetriebes der Welt“. (…) „Unsere Mission hieß (…): Ihr Wort, mein Führer, allen Ohren in Deutschland zu predigen. Nun ist die Stunde gekommen, in der wir beginnen wollen, mit dem nationalsozialistischen Fernsehrundfunk Ihr Bild, mein Führer, tief und unverlöschlich in alle deutschen Herzen zu pflanzen. (…) „ (Wulf)

Die Gehäuse der Volksempfänger waren aus Kunststoff und Holz. Die Holzgehäuse wurden auf ausdrücklichen Wunsch Hitlers in den in den Notstandsgebieten Thüringens und des Erzgebirges hergestellt. (Quelle leider unbekannt) So sorgte auch dieses Propagandainstrument noch für Arbeit in wirtschaftlich unterentwickelten Gebieten.

Die Hitler-Jugend (H.J.)

„Die Hitler-Jugend (H.J.) ist die Gesamtorganisation der nationalsozialistischen deutschen Jugend. Sie tritt zum ersten Male mit dem Jahre 1926 in Erscheinung" (Ruthe: 33). Die H.J. ist aus der „Wandervogel-Bewegung hervorgegangen. Die „Wandervogel-Bewegung war eine unter vielen Jugendbewegungen in Deutschland - politischer, konfessioneller oder neutraler Grundorientierung. Den Nationalsozialisten in ihrem Bestreben, alles "gleichzuschalten" und zu kontrollieren, waren viele Organisationen zu "zersplittert". Der Grundsatz der Nationalsozialisten, nach dem der deutsche Mensch alle seine Handlungen immer in Beziehung zu seinem Volke zu setzen hat, war in diesen Jugendorganisationen nicht zum Ausdruck gekommen. Dennoch wird dieser „bündischen Jugend" Opfermut und Einsatz für das Vaterland bescheinigt.[41]

Die Hitler-Jugend hat, wie die Nationalsozialisten einräumen, an den Traditionen dieser Jugendbewegung angeknüpft und sogar vieles von ihr übernommen. Dennoch konnte sie der H.J. kein Vorbild sein. Für die Nationalsozialisten hatte sich die Wandervogelgeneration ein "friedliches Scheinreich" aufgebaut und nicht die "stählerne Romantik", die alles Trennende aufhob und darum vom Ziel des Nationalsozialismus angezogen wurde (Ruthe: 33). "Der Gedanke zur Gründung einer nationalsozialistischen Jugendbewegung geht auf den Führer selbst zurück, während der Name "Hitler-Jugend" von Julius Streicher stammt.[42] Die ersten H.J.-Gruppen wurden 1926 gegründet. 1929 marschierten anlässlich des Nürnberger Parteitages "2000 Hitler-Jungen leuchtenden Auges am Führer vorbei." 1931 wurde Baldur von Schirach Reichsjugendführer der NSDAP.[43] Er reorganisierte die inzwischen auf 35.000 Mitglieder angewachsene Organisation. 1932 wurden die SA und auch H.J., die seit 1930 ein Teil der SA war, verboten. Es wurde im Untergrund weitergearbeitet.[44] Nach Aufhebung des H.J.-Verbots und Verschmelzung mit dem nationalsozialistischen Schülerbund, hatte die H.J. bald 80.000 Mitglieder (Ruthe: 34).

1935 erfolgt die strikte Absage Baldur von Schirachs an andere Jugendverbände als die H.J. „Die Erziehung der Jugend ist ein unermessliches Hoheitsrecht des Staates. Jeder Jugendverband außerhalb der Hitler-Jugend verstößt gegen den Geist der Gemeinschaft, der der Geist des Staates ist" (Ruthe: 36).

1936 wird die H.J. durch das "Gesetz über die Hitler-Jugend" sicher im Staat verankert. Baldur von Schirach wird „Jugendführer des Deutschen Reiches" und es wird ihm die Stellung einer „Obersten Reichsbehörde" zuerkannt (Ruthe: 36). Eine „Durchführungsverordnung" vom März 1939 zwang dann schließlich alle Jugendlichen zwischen 14 und 18 Jahren in die H.J. oder den Bund Deutscher Mädel oder deren „Jungvolk-Abteilungen. (Richter: 450).

Der Nachfolger als Reichsjugendführer wurde 1940 Arthur Axmann. Dieser skrupellose Mensch verheizte Teile der Hitlerjugend in den Endkämpfen um Berlin nur um noch Fluchtwege für die Bonzen freizuhalten. Die 12. SS-Panzerdivision wurde aus Hitlerjungen und erfahrenen SS-Männern zusammengestellt und kämpfte heldenhaft an der Invasionsfront und verdiente sich den respektvollen Namen „Baby-Division“ von den Alliierten. Einen weiteren Beweis des Missbrauchs der Hitlerjugend finden wir in der WZ (siehe Quellen): Am „brauchbarsten“ war (…) eine Kompanie aus fanatisierten Hitler-Jungen im Alter von 16 bis 18 Jahren. Bei den heftigen Kämpfen in Forstwald (bei Krefeld, K.O.A.) erlitten sie schwere Verluste“ Nach dem Krieg wurde Axmann nur gering bestraft und erfreute sich selber an einem langen Leben. Er wurde 83 Jahre alt – im Gegensatz zu vielen seiner ihm anvertrauten Jungen.

Aktivitäten in der Hitlerjugend

Der Dienst in der H.J. war vielfältig und enthielt, neben unbeliebten Programmpunkten (pol. Schulungsabende), viele Aktivitäten, die dem Erlebnishunger und Entdeckerdrang junger Menschen entgegenkamen, zumal aus wirtschaftlichen Gründen weite Kreise der Bevölkerung nicht in der Lage waren, ihren Kindern Ferienaufenthalte, Zeltlager, Reisen, Weiterbildung und Schulung an Autos, Motorrädern und Segelflugzeugen zu finanzieren.

Der Bogen der Aufgaben und Aktivitäten der H.J. spannte sich über alle „Bereiche des Lebens":

- Einführung der gesamten deutschen Jugend in die nationalsozialistische Weltanschauung
- Schulungsabende - ständige politische [45]
- Disziplin üben - gehorchen lernen
- Schaffung von Grundlagen für wahres Führertum
- Jugendwandern - Zeltlager
- Nachrichten H.J. (Förderung des Nachrichtenwesens)
- Luftsport H.J. (Förderung des Fliegerwesens)
- Marine H.J. (Förderung der maritimen Interessen)
- Motor Einheiten H.J. (Förderung des Kraftfahrernachwuchses)
- Sanitäts- H.J. (Förderung des Sanitätsnachwuchses)[46]
- Reiter H.J.;
- Luftschutzhelfer H.J.

(Holmsten: 38)

Fred Borth schildert in seinem Buch „Nicht zu jung zum Sterben" (31) die Verlockungen der H.J. für einen Österreicher:" Der so genannte Anschluss war also vollzogen (12.3.1938, K.O.A.). Und wir Jungen, die bis dahin nur Entbehrungen erlebt hatten, wurden vom Deutschen Jungvolk auf große Fahrten und Reisen eingeladen. Aber nicht genug damit, man führte uns in das Kulturleben ein, zeigte uns Opern und heroische Dramen, weckte unser Interesse für Musik, Malerei, Bildhauerei. Auch Filmvorführungen wurden für uns organisiert, wobei natürlich historische Themen den Vorrang hatten; wir sahen aber auch Dokumentarberichte über den Autobahnbau, die Entwässerung von Sümpfen und die Rückgewinnung von Land an den Küsten. Darüber hinaus wurde ein umfangreiches Sportprogramm geboten, zu dem auch der Flugmodellbau gehörte. An der Werkstättenwand hing der Spruch: >>Es dient dem Vaterland, wenn wir zu spielen scheinen! << So etwas stärkte unser Selbstbewusstsein, und wir hörten es auch gerne, wenn wir als >>Deutschlands große Hoffnung<< bezeichnet wurden. Im Rahmen der HJ-Sondereinheiten gab es die Ausbildung auf Motorrädern oder am Funkgerät, man zeigte den Jungen aber auch, wie Ruder und Segel eines Bootes bedient wurden.

Und ich selbst war noch nicht einmal 15 Jahre alt, als ich mit dem Schulgleiter SG 38 meine ersten <<Sprünge>> und Gleitflüge absolvierte. Natürlich diente dies alles bereits der vormilitärischen Ausbildung.“ Dieses Buch ist eine interessante Schilderung der Verführung der Jugend, denn der Autor berichtet ungeschminkt.

Das Elternhaus war aufgefordert, eng mit der Schule und der H.J. zusammenzuarbeiten. Gerade in politisch anders denkenden Elternhäusern war der Widerstand gegen die H.J. merklich gewachsen. Nun war trotz des recht ansprechenden Angebots - für junge Menschen - die Zustimmung zur H.J. nicht ungeteilt. Besonders die politischen Schulungsabende, die zahlreichen Straßen- oder Haussammlungen und vielen anderen, politisch dominierten Veranstaltungen fanden nicht die, von den Nationalsozialisten, gewünschte Beteiligung. Wie schon erwähnt, versuchten weitschauende, konfessionell oder politisch anders orientierte und gebundene Elternhäuser ihre Kinder von der H.J. fernzuhalten. Das geschah oftmals gegen den erbitterten Widerstand der Kinder, die, im Geist der Zeit bereits "erzogen"[47], in die H.J. eintreten wollten. Kinder sollen ihre Eltern bei der Polizei oder Parteistellen dafür denunziert haben, so stark waren sie teilweise bereits beeinflusst. Fest (318) stellt klar: "Der wohl bemerkenswerteste Einbruch gelang der NSDAP innerhalb der Jugend."

Für „Verweigerer" gab es eine ganze Reihe direkter und indirekter Sanktionen, die von der Ächtung durch Klassen- und Spielkameraden (die eine H.J.- Uniform bereits trugen), Schikanen durch überzeugte Lehrer, Verweigerung von Schul-, Ausbildungs- und Studienplätzen bis zur offenen Benachteiligung bei Bewerbungen um Führungspositionen in öffentlichen Ämtern und insbesondere bei der Wehrmacht reichten.[48] Widerstrebenden Eltern wurde angedroht, dass ihre Kinder, wenn sie nicht der Hitler-Jugend beiträten, in Heimen untergebracht werden würden (Shirer: 1: 289). "Eine eifrige Erfüllung der Dienstobliegenheiten, tadellose Führung innerhalb und außerhalb des Dienstes, „einwandfreie" nationalsozialistische Gesinnung waren Voraussetzung für eine Aufnahme in die NSDAP nach mindestens vier Jahren Zugehörigkeit zur H.J. oder dem BDM (Organisationsbuch; siehe dort). Die Hitlerjungen wurden im Frieden zu vielen Tätigkeiten für die Partei herangezogen. Sie sammelten Geld, Papier, Knochen und Altmetall. Sie halfen bei der Organisation der Massenveranstaltungen oder traten selbst dort auf. Im Krieg wurden sie buchstäblich als letzte Reserve verheizt (siehe oben) oder mussten in zerbombten Städten Dienst tun. Sie wurden, wie später noch anklingen wird, fanatisiert und somit auch geopfert. Bertolt Brechts „Lied einer deutschen Mutter" soll das Kapitel der männlichen H.J. abschließen:

„Mein Sohn, ich hab dir die Stiefel
Und dies braune Hemd geschenkt:
Hätt ich gewusst, was ich heute weiß,
Hätt ich mich lieber aufgehängt."

Dass Jugendorganisationen, auch uniformierte, nicht pauschal negativ beurteilt werden können, beweisen alle jene Gruppen, die demokratisch geführt werden und tatsächlich auf Freiwilligkeit basieren. Es gab und gibt viele Beispiele in Demokratien, auch im paramilitärischen und militärischen Bereich[49].

Der Bund Deutscher Mädel (BDM)

„Der Bund Deutscher Mädel (BDM) ist die Zusammenfassung der weiblichen Mitglieder innerhalb der H.J. und bekennt sich daher zu den gleichen Ausdrucksformen" (Ruthe: 40). Einiges, was im Kapitel "Hitlerjugend" gesagt wurde, trifft auch auf den BDM zu. Aus diesem Grund können wir uns hier kürzer fassen. Die Vorstellungen von der Verschiedenheit der Frau im nationalsozialistischen Weltbild finden natürlich ihren Ausdruck im BDM: "Der Nationalsozialismus geht von der Wesenverschiedenheit der Geschlechter aus und will, dass sich die deutsche Frau wieder auf ihre eigene Wesensart besinnt und die Aufgabe übernimmt, die ihr die Natur zugewiesen hat. Deswegen konnte die Organisation der H.J. auch nicht ohne weiteres auf den BDM übernommen werden (Ruthe: 41).

Die wesentlichen Unterschiede in der Arbeit im Bund waren:[50]

- Verstärkte Gesundheits- und Körpererziehung
  (Gesundheitserziehung als Teil der
- Bevölkerungspolitik)
- Erziehung zum Dienst am Staat
- Förderung sozialer Aufgaben
  (Nähen, Kochen, Betreuung von Bedürftigen und
  Kindern, Sammeln an Opfertagen)

Die Mädel machten auch Gepäckmärsche mit, aber übernachteten vorzugsweise in Jugendherbergen oder Landgasthöfen und nicht in Zeltlagern (Shirer: 1: 288, Ruthe: 65). Die innere Zerrissenheit junger Mädchen und Frauen, die im BDM oder seinen Gliederungen "Dienst" leisteten, geht aus dem folgenden Erlebnisbericht hervor. Und das war bestimmt kein Einzelfall. Renate Finckh (in Jänz: 75-76) erinnert sich: "Unsere Schaftführerin hieß Friedel. (...). Sie gefiel mir gleich sehr gut (...). Sie hielt uns eine packende Rede über Gemeinschaft. Vielleicht waren wir so beeindruckt davon, weil Friedel ja erst vierzehn war und eigentlich noch mehr zu uns Kindern als zu den Großen gehörte (...). Ich schlief zum ersten Mal auf Matratzenlagern, wusch mich morgens mit den anderen im eiskalten Bach vor dem Haus, machte lange Märsche und Wanderungen und saß am Lagerfeuer und fand das alles scheußlich! Aber niemandem auf der Welt hätte ich das zugegeben (...). Daheim verkündete ich, es sei einfach pfundig gewesen (...)."Über die offizielle Aufnahme berichtet sie weiter: "überall leuchten Fackeln in der dichter werdenden Dämmerung (...). Es ist die erste große Feierstunde meines Lebens. Sie geht mir mitten durchs Herz.(...) Ich bin zehneinhalb Jahre alt. Ich weiß, dass nun mein Leben sich verändern wird. Von Stund an werde ich kein zartes Kind mehr sein. Ich werde stark und kräftig sein und alles aushalten. Das nächste Sommerlager werde ich von Herzen wundervoll finden." Melita Maschmann (in Jänz: 76) geht noch weiter in der Schilderung ihrer Empfindungen als BDM-Mädchen, wenn sie schreibt, dass die Zugehörigkeit zum BDM eine Losgelöstheit vom >>Ich<< und die Zuwendung zur Volksgemeinschaft in ihr erzeugte. Diese "innere Gestimmtheit" hat sie alle Kriegsgefahren überstehen lassen und ihr sogar geholfen, die größte der seelischen Gefahren, die Angst, zu überwinden. Nach Absolvierung der "Dienstzeit" in der männlichen H.J. und dem weiblichen BDM war man im Nationalsozialismus beileibe nicht frei, sondern die Arbeitsdienste warteten auf die jungen Männer und Frauen.

Am 2. Dezember 1938 umriss Hitler die Kette der "totalen Erziehung zum neuen Deutschen": Jungvolk, H.J., Partei, DAF, SA, SS, NSKK, und so weiter. Dann kommt der Arbeitsdienst, die Wehrmacht und dann, um "Rückfälligkeiten" vorzubeugen wieder SA und SS. (...) "und sie werden nicht mehr frei ihr ganzes Leben". (Bergschicker: 205)

Die Arbeitsdienste

Am bekanntesten ist der Reichsarbeitsdienst für Männer (RAD) geworden. Er hatte aber einen Vorläufer und auch eine Variante für Frauen:

- Freiwilliger Arbeitsdienst - FAD
  (vor dem 26. Juni 1935)[51]
- Reichsarbeitsdienst - RAD
- Frauenarbeitsdienst - FAD

Freiwilliger Arbeitsdienst (FAD)

"Der Arbeitsdienst als solcher war keine Erfindung des Nationalsozialismus.[51] Verschiedene Kreise hatten ihn lange vor 1933 gefordert und gefördert. Damals beruhte er noch auf dem Prinzip der Freiwilligkeit; er war geboren aus der Initiative junger Menschen.[52] Bis November 1932 gab es bereits eine große Zahl von Vorhaben, an denen 250.000 Freiwillige mitarbeiteten. Es handelte sich vornehmlich um Wegebauten und Anlagen von Sportplätzen (Richter: 376). "Seine (des FAD, K.O.A.) dringendste Aufgabe war die, sei es noch so bescheidene, Linderung der Arbeitslosigkeit durch öffentliche Arbeiten; er wurde von der Arbeitslosenversicherung finanziert und beschäftigte bis Ende 1932 250.000 Menschen" (Schoenbaum: 114).

Reichsarbeitsdienst (RAD)

Mit dem Gesetz vom Juni 1935 wurde der Freiwillige Arbeitsdienst Reichssache (RAD) und Pflicht für jeden Deutschen (Brockhaus 4: 359). "Er war nicht nur ein Auffangbecken jugendlicher Erwerbsloser, sondern gab darüber hinaus dem Aufbauoptimismus des Regimes anschaulichen Ausdruck: in der Urbarmachung von Sumpfgebieten und Koogen, der Aufforstung, dem Autobahnbau oder der Regulierung von Flussläufen wurde ein ansteckender Leistungs- und Zukunftswille sichtbar" (Fest: 597). Ein weiteres, wichtiges Ziel des

Arbeitsdiensts war die (vorgegebene) Beseitigung von Klassenschranken: "Die Nationalsozialistische Deutsche Arbeiterpartei machte den Arbeitsdienst erst zum Ehrendienst für jeden jungen Deutschen und damit zur Erziehungsschule für die gesamte deutsche Jugend." Nach dem unverrückbaren Entschluss deines Führers soll "jeder einzelne Deutsche - er mag sein, wer er will, ob hoch geboren und reich, ob arm oder Sohn vom Gelehrten oder Sohn vom Fabrikanten - einmal in seinem Leben zur Handarbeit geführt werden, damit er auch leichter befehlen kann, weil er selbst auch hier gehorchen gelernt hat" (Ruthe: 58-9). Fest nannte schon die Arbeitsschwerpunkte der Arbeitsdienste. Öhquist (202-03) schlüsselt diese weiter auf: "Das ganze Reich ist in 33 "Großarbeitsvorhaben" eingeteilt. Von 230.000 Arbeitkräften arbeiten: 55% in Landeskulturarbeiten; 15% im Wegebau; 10% sind mit Forstarbeiten beschäftigt; 5% arbeiten an Siedlungsvorhaben und 15% betätigen sich mit Sonstiges (Autobahnen, Wasserstraßen)." Später kamen auch Einsätze beim Bau des Westwalls und anderer militärischer Projekte hinzu.

Der Arbeitsmann war gegen Krankheit versichert, erhielt Uniform, Kost und (Baracken-) Logis und 20 Reichspfennig Taschengeld pro Tag. Der RAD (...) war ein weiteres Mittel des >>totalen Arbeitseinsatzes<< und zur Militarisierung des Volkes" (Richter: 446). "Die Nationalsozialisten machten ihn (den RAD, K.O.A.) zu einem ihrer besonders intensiv gepflegten Projekte. Er wurde die erhabenste Manifestierung des >>deutschen Sozialismus<< und der Kameradschaft (...) (Schoenbaum: 114-15). Im Sopade-Band von 1934 (420) wird festgestellt, dass der FAD bereits im Jahr 1934 in Nürnberg - anlässlich des Parteitages - "5200 Mann stark in streng militärischer Form vor die Öffentlichkeit getreten ist. Diese Form der Herausstellung verfolgte offenbar einen dreifachen Zweck:

- Der FAD sollte als Gegengewicht zur SA wirken,

- die Anziehungskraft des FAD auf die Jugend sollte gesteigert werden, insbesondere dadurch, dass
- sein Charakter als Reservearmee unterstrichen wurde."

Viele, die dem FAD beigetreten waren, weil sie als Arbeitslose Arbeit und Unterkunft haben wollten, im wahrsten Sinne des Wortes nicht auf der Straße liegen mochten oder vom friedlichen Charakter der Organisation überzeugt waren, verließen den Arbeitsdienst, als seine paramilitärische Eigenschaft überdeutlich wurde.[53] Konstantin Hierl[54] bezeichnete den RAD als das "zwischen Schule und Wehrdienst fehlende Glied in der Kette der staatlichen Einrichtungen zur Erziehung unserer Jugend" (Ruthe: 66)[55]

Frauenarbeitsdienst (FAD)

„Der deutsche Arbeitsdienst hat auch der deutschen Frau die Verpflichtung des gleichen Dienstes am Volke übertragen" (Ruthe: 65). Wiederum hat man auf die weibliche Art und Weise Rücksicht genommen, wie das schon in anderen Zusammenhängen beschrieben wurde. "Im Frauenarbeitsdienst haben sich verschiedene Richtungen entwickelt:

- Siedlerhilfe
  (Verringerung der Arbeitslast der Frau in den Siedlungsgebieten im Osten) und
- NSV = Nationalsozialistische Volksfürsorge
  (städtische Familienhilfe bei kinderreichen Familien)

„Die Dauer der Dienstzeit beträgt 26 Wochen, die tägliche Werkarbeit durchschnittlich 7 Stunden. Nebenher gehen die theoretischen Unterweisungen, die die jungen Mädchen weltanschaulich formen. Durch Leibesübungen wird die körperliche Entwicklung und in fröhlicher Unterhaltung die jugendliche Lebensfreude gefördert. Die Entlohnung beträgt 20 Reichspfennige. pro Tag bei freier Station und

Krankenversicherung. Die Bekleidung war ebenfalls frei."[56] Weitere „Wesensbedingte Unterschiede" waren:

- Förderung kultureller Werte (Volkstumspflege, deutscher Tanz, deutschtümliche Festgestaltung)
- Im Gegensatz zur (männlichen) H.J. wird in Jugendherbergen und nicht im Zeltlager übernachtet
- Umschulungslager und Hauswirtschaftslehrgänge.

Siedlerhilfe

In der Siedlerhilfe sollten die jungen Mädchen unter anderem landwirtschaftliche Arbeit kennen und lieben lernen und die Bauersfrauen entlasten.[57] In den Umschulungslagern und Hauswirtschaftslehrgängen werden junge Fabrikarbeiterinnen auf den Beruf der Hausgehilfin umgeschult. Oftmals handelte es sich bei den jungen Fabrikarbeiterinnen um jene Frauen, deren Arbeitsplätze im Zuge der „Arbeitsschlacht" (siehe dort) für männliche Arbeitslose „freigemacht" wurden.

Öhquist (200) stellt fest: „Im Frauenarbeitsdienst galten im allgemeinen dieselben Grundsätze wie im männlichen Arbeitsdienst, doch sind die Lebensformen im Lager persönlicher gestaltet als bei den Männern."

Landjahr und Landhilfe

Das Landjahr und die Landhilfe waren ihrer Natur nach eher Erziehungslager und „statistische Bereinigung" der Arbeitslosenzahlen bei jugendlichen Arbeitslosen. Da sie aber als soziale Einrichtungen betrachtet werden können, sollen sie hier kurz behandelt werden. Hatten sie doch, bei allen Vorbehalten nationalsozialistischer Erziehung gegenüber, auch Vorteile für die Betroffenen - sie bekamen Arbeit. Wenn auch die Arbeitsplätze nicht selbst gewählt werden konnten, und die Bezahlung gering war, so wurde doch einer "sozialen und sittlichen Verrohung" vorgebeugt. Wahre Sozialarbeit wurde aber dennoch nicht geleistet, da das Landjahr-Gesetz gerade diejenigen Jugendliche ausnahm, die einer Förderung besonders bedurften: Kranke, Schwache und Benachteiligte.[58] Selbstverständlich wurde die Möglichkeit wahrgenommen, die so versammelten Jugendlichen auch politisch zu beeinflussen. "Im Mittelpunkt der erzieherischen Beeinflussung steht auch hier das Gemeinschaftsleben" (Ruthe: 66).

"Die Landhilfe bringt schulentlassene Jugendliche, die keine geeignete Arbeitsstelle finden konnten, in Arbeitsstellen in landwirtschaftlich betonten Gegenden unter. Somit wird hier dem Kräftemangel[59] abgeholfen und die Jugendlichen werden zum "Landhelfer" ausgebildet. Der Staat scheut hierbei keine Geldmittel, um die Industriejugend in ein gutes Verhältnis zu Blut und Boden zu bringen.[60] Auch das ist Sozialismus der Tat" (Ruthe: 72). Reine Selbstbeweihräucherung. Die Berichte der SPD (Sopade) bestätigen den Charakter der Arbeitsbeschaffungsmaßnahmen: "Als Teil der Arbeitsschlacht wurde die Landhilfe eingeführt - als ein System zur Arbeitsbeschaffung" (Sopade 1934: 25). "Beide Maßnahmen waren neben den genannte Zielen auch dazu gedacht, die Landflucht zu bremsen" (Sopade 1938: 548). "In den Anfangsjahren hatte es das "Dritte Reich" trotz scheinbarer ideologischer Grundsätze, fertig gebracht 700.000 Landarbeiter und deren Familien in die Städte zu transferieren. Dies kann man als das erste Stadium eines klassischen Umschichtungsprozess zur Industriegesellschaft bezeichnen. Das Deutsche Reich vor 1933 war allerdings auch schon kein Agrarland mehr" (Schoenbaum: 150).

Hauswirtschaftliches Jahr

Im Zusammenhang mit der Siedlerhilfe, Landjahr und Landhilfe, kann auch das Hauswirtschaftliche Jahr für Frauen gesehen werden. Das Hauswirtschaftliche Jahr ersetzte das Pflichtjahr für Frauen (Zentner: 242).

„Arbeitsdank"

Es blieb ein Problem, die jungen Männer nach Beendigung der Reichsarbeitsdienstpflicht in Arbeitsverhältnisse zu bringen, sofern nicht die Wehrmacht, SA oder SS sie "aufnahmen".

Ein Versuch, dies zu erreichen, war die Organisation "Arbeitsdank e.V.", der Robert Ley als DAF-Führer vorstand. Arbeitsdank machte es sich zur Aufgabe, angemessene Beschäftigungen für diese jungen Männer zu besorgen, als "Dank des Vaterlandes" sozusagen - ähnlich der Versorgung länger gedienter Soldaten. Arbeitsdank kümmerte sich darüber hinaus auch um Fortbildungsmaßnahmen, Sozialangelegenheiten und Berufskurse für die Arbeitsmänner. Finanziert wurden diese Maßnahmen durch Mitgliederbeiträge von 0,50 RM pro Monat. Die Sopade-Berichte bescheinigen Arbeitsdank e.V. einigen Erfolg

„Opfer der Arbeit“

„Opfer der Arbeit“ war eine Stiftung, die zur Unterstützung der Hinterbliebenen von Arbeitern nach tödlichen Arbeitsunfällen gegründet wurde. Die Vergabe der Mittel erfolgte allerdings unter politischen Gesichtspunkten, also nicht nach Bedürftigkeit (Zentner: 430)

Hilfskasse der NSDAP

Die Hilfskasse der NSDAP sollte Parteimitglieder und deren Angehörige bei Unfällen u.ä. unterstützen, die sich beim Einsatz für die „Bewegung“ ergeben hatten (Zentner: 254).

Die Nationalsozialisten und die Gewerkschaften

Das Verhältnis der Nationalsozialisten zu den Gewerkschaften war das denkbar schlechteste: sie hatten sie unter Anwendung von Terror und Gewalt "aufgelöst". "The party had decreed that there was no need for a great number of trades unions. The squabbeling and rivalries of those bodies had once nearly ruined German industry. It must not be allowed to happen again" (Lucas: 41). Das endete dann so: "Am 2. Mai 1933 um 10 Uhr vormittags führte der Reichsorganisationsleiter Dr. Robert Ley mit SA und NSBO den sorgfältig vorbereiteten Schlag gegen die freien Gewerkschaften" (Winkler: 19). "Alle bisherigen Gewerkschaften werden verboten, ihre Führer verhaftet, vielfach verprügelt und in Konzentrationslager gesteckt" (Shirer 1: 234).[61] "Darunter befanden sich auch viele führende Gewerkschaftler, die geglaubt hatten, die Unabhängigkeit ihrer Gewerkschaften durch eine Zusammenarbeit mit der NS-Regierung retten zu können." Doch es half nicht (Shirer 1: 234). Fest (568) zu diesem Punkt: (…) "und nebenher lief die Gleichschaltung der Interessenverbände von Industrie, Handel, Handwerk und Landwirtschaft; doch durchweg ereignete sich kein Akt der Gegenwehr, kaum ein Zwischenfall von mehr als lokaler Bedeutung. Dieses widerstandslose, rasche Erlöschen aller politischen Kräfte von links bis rechts dokumentiert am auffälligsten den nationalsozialistischen Machtergreifungsprozess, und wenn irgendetwas die ruinierte Lebenskraft der Republik von Weimar demonstriert hat, dann die Mühelosigkeit mit der die Institutionen, die sie getragen hatten, sich überwältigen ließen."

Immerhin waren 32 Parteien, 36 Arbeitergewerkschaften, 6 Angestelltenverbände, 200 Industriellenverbände und 38 Handlungsvereinigungen zerschlagen oder "gleichgeschaltet" worden. Im 1936er Originalton liest es sich so: " (...) und das seit dem 30. Januar das alles in ein machtvolles Deutschland , in eine machtvolle Volksvertretung, in eine Arbeitsfront, in einen Reichsnährstand neu gegossen worden ist" (Overesch 1: 269). Selbst Hitler sei von dem "kläglichen Zusammenbruch" überrascht gewesen. Den Nationalsozialisten brachte dieser Coup nicht nur erhebliche Vermögenswerte[62] ein, sondern es wurde auch ein Widerstandszentrum ausgeschaltet (Schoenbaum: 117).

Der Betriebsrat

Der gewählte Betriebsrat teilte natürlich das Schicksal der Gewerkschaften: er wurde beseitigt. Das Arbeitsordnungsgesetz vom 20.1.1934 „ersetzte“ ihn durch einen ernannten „Vertrauensrat“ (Zentner: 74) Siehe hierzu auch „Treuhänder der Arbeit“ und „Betriebsführer“.

Die Deutsche Arbeitsfront (DAF)

„Die DAF ist die Organisation der schaffenden Deutschen der Stirn und der Faust" (Reichsleiter: 185). Richter (434) sah die DAF als "Zwangsorganisation von Arbeitern und Unternehmern", und er hatte Recht mit dieser Interpretation.

Am Tag der Zerschlagung der Gewerkschaften verkündet der Reichsorganisationsleiter Dr. Robert Ley, wohl um Unruhe unter den Gewerkschaftsmitgliedern zu vermeiden, folgendes: „Arbeiter, ich schwöre Dir, wir werden nicht nur alles erhalten, was sich vorfindet, wir werden den Schutz und die Rechte des Arbeiters weiter ausbauen, damit er in den neuen nationalsozialistischen Staat als vollwertiges und geachtetes Mitglied des Volkes eingehe" (Winkler: 19).

Bei Shirer (1: 234) finden wir heraus, wie der „Ersatz" für die zerschlagenen, freien Gewerkschaften aussah: "Hitler erließ ein Gesetz, das mit Kollektivverhandlungen zwischen Arbeitgebern und Arbeitnehmern Schluss machte und vorsah, dass (...) >>Treuhänder der Arbeit<< die >>Bedingungen für den Abschluss von Arbeitsverträgen<< regelten und den >>Arbeitsfrieden<< aufrechterhielten." Die Entscheidungen des Treuhänders waren gesetzlich bindend, so waren Streiks unmöglich. Dem Unternehmer wurde wieder alle Gewalt zugestanden. Sie hätten sich, so Hitler, jahrelang an den >>Herrn im Hause<< (Betriebsrat, K.O.A.) wenden müssen. Jetzt seien sie wieder selbst >>Herr im Haus<<. Die Wirtschaftskreise waren vorerst zufrieden. Die großzügigen Spenden so vieler Unternehmen begannen sich auszuzahlen.[63] Von nun an kontrollierte die DAF die Arbeitszeit, Arbeitsbedingungen, Löhne,

Beförderungen und Renten der Arbeiter und Angestellten (vergleiche Lucas: 41). Tatsächlich aber, so können wir bei Shirer (1: 297-300) nachlesen, wurden dem deutschen Arbeiter alle Rechte genommen. Die Arbeitnehmer wurden zur "Gefolgschaft" und die Unternehmer zu "Betriebsführern" erklärt. Das drückte verbal das neue Verhältnis zwischen beiden Gruppen aus. Sie waren von ihrem Arbeitgeber schon wieder fast so abhängig wie der Leibeigene vom Herrn. (Siehe auch „Arbeitsbuch") Die NS-Regierung: Löhne können nicht auf wirtschaftlichen, sondern müssen auf politischen Entscheidungen beruhen. So wurden beinahe wieder reine kapitalistische Verhältnisse geschaffen, obwohl man mit dem Anspruch sozial zu sein antrat (Shirer 1: 314; vergleiche auch Zischka). Der Arbeiter war außerdem Zwangsmitglied in der DAF, und die „freiwilligen" Beiträge wurden ihm gleich von der Lohnbuchhaltung vom Lohn resp. Gehalt abgezogen. In vielen nachgewiesenen Fällen wurden die Arbeitnehmerbeiträge auch noch zweckentfremdet eingesetzt, z.B. in der Wiederaufrüstung. Dieses Gewerkschafts-Scheinsystem wurde, fast bis zum Kriegsbeginn, von Gewerkschaften in Großbritannien, den U.S.A. und anderen westeuropäischen Gewerkschaften gelobt und als vorbildlich hingestellt (Rutherford). Hätten sie doch nur hinter die Kulissen schauen können oder wollen (?).

Die NS-Gemeinschaft „Kraft durch Freude"

„Die NS-Gemeinschaft „Kraft durch Freude" ist ein Teil der Deutschen Arbeitsfront" (Organisationsleiter: 209). Die Organisation besteht aus sechs Unterabteilungen. [64]

Am 28. November 1933 wurde im Rahmen der DAF die NS-Gemeinschaft "Kraft durch Freude" (KdF) gegründet. Vorbilder waren die sozialen Einrichtungen der zerschlagenen Gewerkschaften und Mussolinis "*Dopolavoro*".[65]

Alle Vereine und Clubs wurden erfasst, um den Menschen keine Freiräume mehr zu lassen und sie besser manipulieren zu können.[66] Nur der Schlaf war noch von der staatlichen Organisation, die als „Fürsorge" dargestellt wurde, ausgenommen. „Wenn Du schläfst, ist es Deine Privatsache (...)" Professor Schuster geht noch weiter, wenn er feststellte, dass "die Ausnützung der freien Zeit nicht mehr im Belieben des einzelnen steht" (Winkler: 33-4). Demzufolge wurde die Freizeit völlig verplant. Standen keine politischen Zwangsveranstaltungen an, waren keine „freiwilligen" Aufbauleistungen zu erbringen, gab es gerade keine Haussammlungen oder ähnliches, so wurden den Volksgenossen Reisen, Theater, Urlaubslager, und Wanderungen geboten. Freilichtbühnenveranstaltungen, Trachten- und Volkstanzgruppen, Siedlungsabende und Thingspiele (vergl. Eichberg) waren weitere Beschäftigungen im Rahmen der KdF.

Die Organisation KdF[67] war eine besondere Attraktion der Nazis, mit der sie oft auch skeptische Volksgenossen köderten. Die Reisen, die sich jedermann für billiges Geld leisten konnte, sollten von der „sozialen Gerechtigkeit" des Regimes überzeugen (Richter: 435). Schoenbaum (143) meint, dass die Organisation KdF aus einer gewissen Ratlosigkeit entstanden war, als ein Mittel, Freunde zu gewinnen, und das beschlagnahmte Gewerkschaftsvermögen sinnvoll zu verwenden. In Reden der Pressesprecher der Arbeitsfront wurde der Zweck der Organisation „Kraft durch Freude" präzisiert, aber verwunderlich dürften diese Eröffnungen eigentlich nur für wenige gewesen sein. „Wir schickten unsere Arbeiter nicht auf eigenen Schiffen in den Urlaub oder bauten ihnen gewaltige Seebäder, weil es uns Spaß machte oder zumindest dem einzelnen, der von diesen Einrichtungen Gebrauch machen kann. Wir taten das nur, um die Arbeitkraft des einzelnen zu erhalten und ihn gestärkt und neu ausgerichtet an seinen Arbeitsplatz zurückkehren zu lassen" (Schoenbaum: 146). Es wird nicht viele Naive im „Dritten Reich" gegeben haben, die dies nicht durchschauten und dennoch vom großen und vielgestaltigen Angebot der Organisation KdF Gebrauch machten. Es waren preiswerte Angebote, die vielen Arbeitern erst Reisen ermöglichten oder sie anderweitig am Kulturleben teilhaben ließen.[68] Schließlich übernahm die KdF auch noch die in der Weimarer Republik gegründeten Volksbildungsstätten und Volkshochschulen (. . .), die dann mit der NS-Ideologie durchsetzt wurden (Shirer 1: 300). Das alles geschah unter dem Motto: "Volksbildungsarbeit ist weltanschauliche Erziehung der von der Partei nicht erfassten Volksgenossen" (Winkler: 34). Wenn es auch alles sehr preiswert und billig für den Arbeiter erschien, so zahlte er doch, wie Shirer (1: 300) belegt, einen hohen Preis: "1937 bezog die Arbeitsfront aus Beiträgen 400 Millionen Reichsmark, die bis Kriegsbeginn auf 500 Millionen anstiegen. Die Abrechnungspraktiken der Beiträge und Einnahmen waren recht dubios. Ferner wurden noch direkt von den Teilnehmern an verschiedenen Veranstaltungen 3 Milliarden Reichsmark einbezahlt." Dennoch - für den einzelnen Teilnehmer war es oftmals die einzige Gelegenheit zu verreisen oder an bedeutenden Kulturereignissen teilzunehmen. Das kann nicht abgestritten werden.

Wenn beim Bau des "KdF-Wagens" (erst später "Volkswagen") der Gedanke des motorisierten Krieges Pate gestanden haben soll, so sieht Schoenbaum im Bau der KdF-Touristenschiffe auch bereits die Verwendung als Truppentransporter, wozu sie ohne Schwierigkeiten, da ja bereits Massentransporter, umgerüstet werden konnten. Schoenbaum (143) spricht von einem System subventionierten Tourismus, zu dessen praktischen wirtschaftlichen Nutzen greifbare Profite für Tausende ländlicher Hotelbesitzer und für die Deutsche Reichsbahn gehörten. [69]KdF war in erster Linie für den deutschen Arbeiter gedacht. Nun ist aber kein System, das offensichtliche Vorteile bietet, gegen "Missbrauch" von Unberechtigten geschützt. So haben denn auch zweifellos viele wohlhabende Deutsche an den Vorteilen der Organisation KdF teilgehabt, was nicht vorgesehen war.

Eine Untersuchung aus dem Jahre 1937, vorgenommen im Raum München und nachzulesen bei Schoenbaum (145) ergab, dass von 820.000 Teilnehmern an KdF-Veranstaltungen nur rund 1.000 Arbeiter an den spektakulären Reisen nach Norwegen, Italien oder Madeira teilnahmen. Auch Winkler (35) stellt fest, dass der so viel berufene Arbeiter den kleinsten Teil der KdF-Reisenden stellte.

Die "Deutschland Berichte" der SPD aus den Jahren 1934 bis 1940 zeichnen ein hervorragendes Stimmungsbild hinsichtlich der KdF und ihres Missrauchs.[70] Es würde zu weit führen, hier tiefer einzudringen, aber einige Beispiele sollen die Situation darstellen. Für weitergehende Studien werden die "Sopade Berichte" empfohlen. Beispiele:

"Eine Stunde freiwillige Mehrarbeit angeordnet. Das verdiente Geld wird der KdF zur Verfügung gestellt" (1934: 229).
"Wenn man es so billig bekommt, dann kann man schon mal den Arm heben" (zum Hitlergruß, K.O.A.) (1934: 524).
"1200 Arbeiter fuhren nach Spitzbergen. Die Fahrt dauerte 10 Tage und kostete einschließlich Verpflegung 76 RM (1934: 525).
"Von den 1000 Gästen waren nach dem Urteil der Schiffbesatzung keine 10% Arbeiter" (1935: 175).
"Trotzdem hat, wie uns aus Stettin mitgeteilt wird, z. B. an der Madeira-Fahrt nicht ein einziger Arbeiter teilgenommen" (1934: 845).
"Die Abendveranstaltungen waren meist sehr gut besucht. Sie boten leichte Unterhaltung, wenn auch die Besucher meist eine Serie Nazi-Quatsch mitschlucken mussten" (1935: 846).
"Über Kraft durch Freude geht hier das geflügelte Wort um: Die Bonzen fahren nach Madeira. Die Kleinen erhalten eine Straßenbahnrundfahrt in Dresden" (1936: 884).
Es gab aber auch folgenden Vers: „Kraft durch Freude fährt nach Helgoland, jeder Volksgenosse muss mal an die See! Drei Mark achtzig, ja das macht sich – und den Rest bezahlt die NSDAP.“ (von Krockow: 203)

Ehrenamtlicher KdF-Wagenbesitzer-Betreuer

Eine andere KdF-Kuriosität, die aber nicht über das Planungsstadium hinausgekommen war, war der "ehrenamtliche Betreuer aller KdF-Wagenbesitzer". Er sollte "Wochenendfahrten organisieren und verbilligte Quartiere beschaffen". Der Hauptgrund war wohl jedoch ein weiterer Schritt zur totalen Überwachung der Bevölkerung - auch in der Freizeit (Sopade 1939: 481).

Reichsberufswettkampf

Programmpunkt 20 des NSDAP-Parteiprogramms bestätigt die Aufgabe des Staates, begabte Deutsche in ihren Berufswünschen zu fördern. Eines dieser Förderungsmittel war der "Reichsberufswettkampf". (über andere Förderungen wie z.B. Napola-Schulen etc. wollen wir hier nicht diskutieren.) Bei diesen Berufswettkämpfen maßen junge Berufstätige reichsweit ihr Können unter Wettkampfbedingungen. Die "Berufsolympiade" war eine gemeinsame Veranstaltung von Reichsjugendführung und Deutscher Arbeitsfront (DAF). Sie umfassten einen besonders hoch bewerteten praktischen Teil, Berufstheorie und eine >>weltanschauliche Aufgabenstellung<<. Mädchen hatten auch einen hauswirtschaftlichen Wettkampfteil. Bei der Sportprüfung mussten Mindestanforderungen erfüllt werden (Große Geschichte...: 52).

Zischka (311-12) berichtet weiter, dass der Reichsberufswettkampf den Berufstätigen die Möglichkeit gibt, "zu beweisen, welcher Platz ihm zukommt; er soll eine jährliche Bilanz der Arbeitskraft darstellen." Der Sieger spornt die Arbeitskameraden an. "Dieser Wettkampf verhindert aber auch, dass einer als verkanntes Genie verkümmert, denn das Begabtenförderungswerk der DAF sorgt dafür, dass der Sieger einen ihm angemessenen Arbeitsplatz erhält; (...)." Ferner gab es auch finanzielle Belohnungen. Einen arbeitstechnischen Zweck erfüllten die Wettkämpfe zusätzlich: Die Arbeitsmethoden im ganzen Reich konnten vereinheitlicht werden, "denn die für 1600 Berufe ausgearbeiteten Aufgaben sind in Bayern die gleichen wie in Ostpreußen."

Ruhl (97) bestätigt: "Den Siegern standen Berufe offen, die ihnen auf Grund ihrer Schulbildung normalerweise verschlossen waren. Boberach (99) sieht das ebenso. Zischka (312) stellt 1941 folgen Teilnehmerbilanz auf: 1934 waren es 500.000, 1937 1,8 Millionen und 1939 bereits 3.540.000 Teilnehmer am Reichberufswettkampf. Boberach (99) weist aber ausdrücklich darauf hin, dass diese hohen Teilnehmerzahlen nicht ausschließlich das Resultat einer "umfassende Werbung (...), sondern auch des Drucks von Vorgesetzten und H.J.-

Führern, dem sich viele nicht entziehen konnten" entsprangen. Auch hier "mogelten" die Nazis. Sie überließen nicht einmal Meldungen zum "Freiwilligen" Wettkampf dem Zufall, sondern erzwangen Resultate - mehr oder weniger.

Zusätzlicher Berufsschulunterricht

In diesem Zusammenhang muss auch der zusätzliche Berufsschulunterricht gesehen werden, der als Fortbildungsmaßnahme angeboten wurde. Es galt der Grundsatz „dass zum politischen Kampf für die Volksgemeinschaft auch der Kampf um die beste berufliche Leistung gehöre." (Zentner: 70/71).

Leistungskampf der deutschen Betriebe

Einen ähnlichen Wettkampf auf einer höheren Ebene stellte der "Leistungskampf der deutschen Betriebe" dar, der die sozialen Leistungen und Effektivität der Betriebe untereinander verglich. Die Ermittlung des "Nationalsozialistischer Musterbetrieb" war ein weiteres Instrument bessere Leistungen zu erzielen, ohne dafür kostenintensive Anreize bieten zu müssen.

Nationalsozialistischer Musterbetrieb

Von 1936 an wurden die Unternehmer an einem Wettbewerb für die Auszeichnung >>Musterbetrieb<< beteiligt. War man Musterbetrieb, so bekam der Betrieb eine Plakette, die ihn als solchen auswies und "bei Kundgebungen eine besondere Fahne (...) durch die sie der Bevölkerung immer wieder kenntlich gemacht werden" (Sopade 1938: 1080).

In den zweifelhaften Genuss ein "Nationalsozialistischer Musterbetrieb" zu sein, kam man, den Quellen nach zu urteilen, durch verschiedene Maßnahmen:[71]

- Nationalsozialistische Linientreue (Unternehmer und Gefolgschaft)
- Gute Sammelergebnisse bei Betriebssammlungen
- Vorbildliche Sozialeinrichtungen
  (z. B. Betriebswohnungen, Kantinen, Waschräume etc.)
- Stiftungen für kulturelle Zwecke
- Betriebliche Höchstleistungen
- Vorbildliche Lohnsysteme[72]

Einige der damaligen "Bedingungen" ein Musterbetrieb zu werden, sind heute Selbstverständlichkeiten.

Damals aber waren es außergewöhnliche Leistungen für die arbeitende Bevölkerung, und so erfüllte die Idee ihren Zweck und war, im Großen und Ganzen, erfolgreich im "Dritten Reich" - auch und gerade als Täuschung. Vordergründig hatten die Arbeitnehmer solcher Musterbetriebe Vorteile, die aber wieder durch Nachteile aufgewogen wurden: "Mit dieser Einrichtung (Musterbetrieb, K.O.A.) will man die sich nun allmählich wieder auf ihren Klassenstandpunkt besinnenden Textilarbeiter für neue Ausbeutung und für die Aufnahme des "nationalsozialistischen Gedankenguts" gefügig machen" (Sopade 1936: 1173). In einem anderen Betrieb, der für die Auszeichnung Musterbetrieb vorgesehen war, blieben die Sammelergebnisse weit hinter den Erwartungen zurück, und die Ernennung zum "Musterbetrieb" blieb aus. Nun musste sich die gesamte Belegschaft ihre Arbeitsuniform selber kaufen (Sopade 1937: 825). Siehe hierzu auch „Bestgestaltung der Arbeit“ (Fest: 73) Es war also nicht alles mustergültig in den Musterbetrieben. Nach dem Krieg waren viele Unternehmen bestrebt, nicht als Musterbetrieb gegolten zu haben.[73]

„Schönheit der Arbeit“

Diese Einrichtung, eine Unterabteilung der KdF, war für die Verschönerung der Betriebe und Arbeitsstätten zuständig. Es wurden Blumenbeete angelegt, Höfe ansehnlicher gestaltet, Bilder von Hitler und Arbeitsführer Dr. Ley aufgehängt - eine wohl eher fragwürdige Verschönerung - und vielerlei andere sinnvolle und weniger sinnvolle

Aktivitäten angeregt. Zischka berichtet 1941 stolz über erzielte Erfolge: Anfang 1939 waren 16.000 Kantinen eingerichtet, 2100 Sportplätze angelegt und nahezu 21.000 Arbeitsstätten verschönert.

Selbst wenn alles oder auch nur ein Teil stimmen sollte, so wurden doch viele dieser "Verbesserungen" von den Arbeitern selber in Form von "freiwilligen" Spenden oder Arbeitsleistungen erbracht. Diese Spenden, zusammen mit den DAF-Beiträgen, so Bergschicker (171), sollen Hunderte Millionen Mark betragen haben. Rationalisierung in den Betrieben soll außerdem die Ausbeutung haben anwachsen lassen. Ein weiteres Danaergeschenk der Nationalsozialisten.[74]
Siehe hierzu auch „Bestgestaltung der Arbeit“ (Zentner: 73)

Musterdorf

Einen ähnlichen Zweck, wie "Schönheit der Arbeit" verfolgte man mit der Ausschreibung und Prämierung des schönsten Dorfes, dem Musterdorf. Man wollte so, unter anderem, die Landflucht bremsen, die durch unschöne Arbeits- und Lebensbedingungen auf den Dörfern mit hervorgerufen wurde. Das Programm bestand in erster Linie aus Aufräumarbeiten, dem Tünchen von Häusern, Freilegen von verputztem Fachwerk und dergleichen. Die Dorfteiche wurden entrümpelt, Blumenrabatte gepflanzt und viel für das Auge getan. Es kostete den Staat wenig bis gar nichts und war eine weitere nationalsozialistische „Aktivität“, die man sehen konnte. Dieser Wettbewerb wurde jährlich von KdF durchgeführt und man konnte "Kreismusterdorf" werden. Die Landflucht (trotz aller Beschwörungen des Bauerntums) allerdings lag weniger in unschönen Dörfern begründet, als in der Tatsache, dass die Landarbeiter schamlos ausgebeutet wurden, besonders auf den Rittergütern. Es herrschte teilweise noch die Gesindeordnung aus dem neunzehnten Jahrhundert (Bergschicker: 165). Wenn "Musterdorf" auch nicht viel gebracht hat, so hat es auch nicht geschadet. Wieder einmal viel Lärm um Nichts. Als "Unser Dorf soll schöner werden" hat das Musterdorf in der Bundesrepublik überlebt.

Arbeitsbuch

Das Arbeitsbuch wurde am 26. Februar 1935 (wieder) eingeführt. War es doch 1869 der Arbeiterschaft gelungen, dieses Buch abzuschaffen. Ohne es konnte kein Arbeitnehmer beschäftigt werden. Es wurde wieder eingeführt, "um die zweckentsprechende Verteilung der Arbeitskräfte in der deutschen Wirtschaft zu gewährleisten." (Sopade 1936: 1045)

Dieser Grund war, wenn er auch den vorgegebenen Zweck erfüllte, jedoch auch ein weiteres "wichtiges Mittel für den lückenlosen Ausbau des Terrorsystems gegen die Arbeiterschaft" (Sopade 1936: 1045). So waren Staat und Wirtschaft über jeden einzelnen Beschäftigten informiert. Einen Vorteil hatte das Arbeitsbuch aber dennoch: Der Arbeiter konnte auch nicht willkürlich entlassen werden. Der Arbeitsplatz war ihm sicher, denn das Arbeitsamt musste seiner Kündigung zustimmen (Shirer 1: 299).[75] Diese gewaltige Anstrengung, 21,6 Millionen Arbeitsbücher und ebenso viele Karteikarten zu verwalten, diente weiteren Zwecken:

- Stammrollenerstellung für den Arbeitseinsatz im Krieg und
- wirksame Kontrolle der Arbeiter.

Widersetzte sich der Arbeitnehmer den Regeln, so waren Geld- und Gefängnisstrafen vorgesehen. Es konnte festgestellt werden, ob sich jemand aus dem Arbeitsprozess >heraus gestohlen< hatte. Von bestimmten Fehlzeiten an, die das Arbeitsbuch durch fehlende Eintragungen erkennen ließ, galt man als ein >>Arbeitsscheuer<<, die einer "besonderen Behandlung" unterzogen werden konnten (Weinmann: XVII).

Ausgenommen von der Führung eines Arbeitsbuches waren Besserverdienende, Beamte und Heimarbeiter [76] (Sopade 1936: 1045). Ab 1939 waren allerdings auch die Selbständigen und die mithelfenden Angehörigen verpflichtet, ein Arbeitsbuch zu führen (Weinmann: XVII). Die freie Arbeitsplatzwahl war also bereits in "Friedenszeiten" eine Illusion und eine Klassengesellschaft tat sich auf

- die einen mussten ein Arbeitsbuch führen und die anderen nicht. Auch war die Einführung des Arbeitsbuches ein sozialpolitischer Rückschritt und kein nationalsozialistischer Fortschritt, denn die Arbeiter hatten lange für die Abschaffung des Arbeitsbuches gekämpft. Verschieden Quellen (siehe Quellen „Das Arbeitsbuch meiner Großmutter“) berichten über eine offizielle Verwendung des Arbeitsbuches über das Kriegsende hinaus. Die Österreichische Quelle nennt das Jahr 1956 als letztes Eintragsjahr. In dem Arbeitsbuch, das dem Verfasser vorliegt, ist die letzte Eintragung vom 22.10.1945 resp.22. 08.1947 (!) und Dezember 1947. Es werden die veränderten Personenstandsdaten aufgenommen und ein Stempelvermerk vom Freien Deutschen Gewerkschaftsbund eingestempelt.

Das Arbeitsbuch als Geschichtsbuch

Das dem Autor vorliegende Arbeitsbuch kann durch seine Eintragungen als kleines Geschichtsbuch betrachtet werden.

Das vorliegende Arbeitsbuch wurde am 3. Januar 1936 ausgestellt (Wiedereinführung am 26. Februar 1935). Es enthält neben den offiziellen Daten (ausstellendes Arbeitsamt) Personaldaten (mit Änderung vom 22.8.1947). Die Beschäftigungsarten vor der Ausstellung des Arbeitsbuches wurden ebenso erfasst (Seite 4). Die Inhaberin war beim Kaufhaus Wertheim in Berlin als Verkäuferin beschäftigt. Wertheim war eines der bekanntesten Kaufhäuser in Berlin seinerzeit. Ab 1934 wurde die Inhaberin (wie auch immer) wohl zur Aufgabe der Arbeitsstelle veranlasst, da im Rahmen der „Arbeitsschlacht“ Frauen aus Berufen gedrängt wurden, um für Männer Platz zu machen. Das nannte sich dann „Haushalt über Arbeitsplatzaustausch“. Vom 30. November1935 bis 6. Februar 1936 (mit Unterbrechung) war die Inhaberin bei N. Israel (einem weiteren bekannten Warenhaus in Berlin) als Verkäuferin beschäftigt. Beide Warenhäuser wurden später durch die Nazis „arisiert“.

Bis zum (vermutlich) 6. April 1943 war sie bei der Firma Seifen Bacher in Brot und Lohn. Am 6. April 1943 wurde offensichtlich die Firma Bacher geschlossen „Arbeitsverhältnis gem. VO. D. RAM vom

21.3.1940 über die Stilllegung von Betrieben zur Freimachung von Arbeitskräften am 6.4.1943 erloschen“. Eine fehlende Eintragung im Buch (durchgestrichen) wurde durch einen Stempel „steht in Arbeit“ erklärt – sie war also nicht „arbeitsscheu“. Das Jahr 1943 war schon ein kritisches Kriegsjahr und somit wurden benötigte Reserven frei gemacht. Ab dem 12. 4. 1943 war die Inhaberin „Dienstverpflichtet“ in einem kriegswichtigen Betrieb (Telefunken Röhrenwerk). Die Dienstpflicht wurde bereits 1938 eingeführt, aber für Frauen und Mädchen im Januar 1943, im Rahmen der Reichsverteidigung, auch auf Frauen zwischen 17 und 45 Jahren ausgedehnt (vergl. Zentner: 127). Offiziell endet das Arbeitsverhältnis bei Telefunken am 17.10.1945 und die letzte Eintragung ist vom 22.10.45 - ausgenommen die Änderung der Personaldaten vom 22.8.1947.
Vom Freien Deutschen Gewerkschaftsbund befindet sich allerdings noch eine Stempelung vom ??. 12.1947 im Umschlagdeckel.

Deutsches Reich
Arbeitsbuch

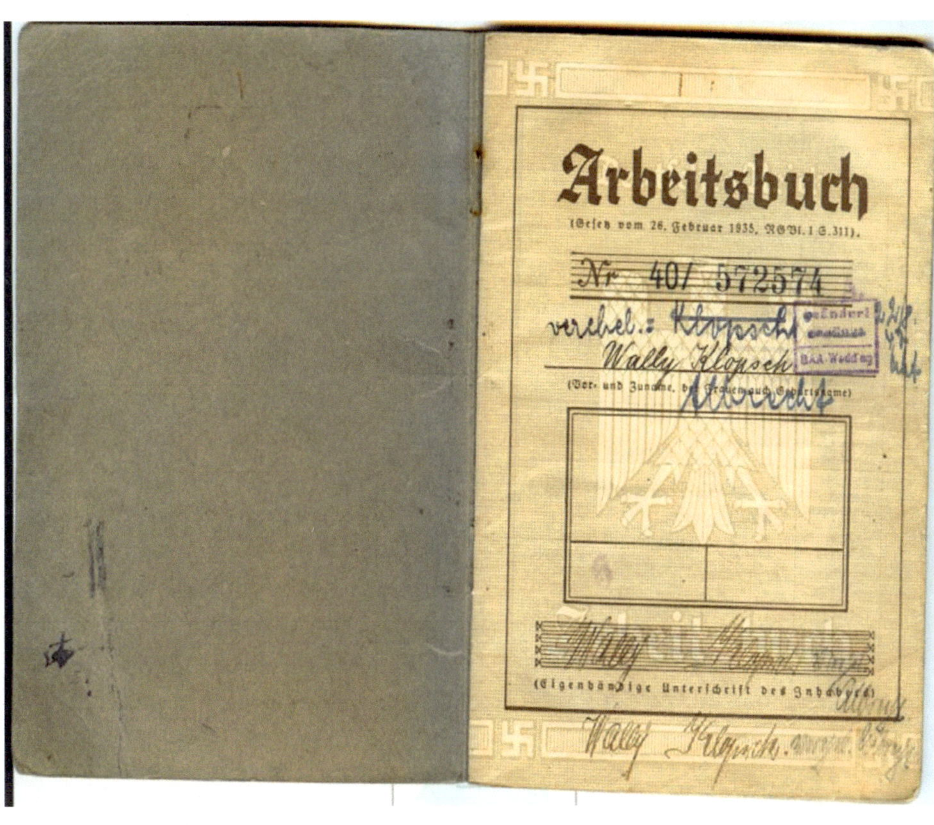

Arbeitsbuch

(Gesetz vom 26. Februar 1935, RGBl. I S. 311).

Nr 40/ 572574

verehel.: Klopsch

Wally Klopsch

(Vor- und Zuname, bei Frauen auch Geburtsname)

Albrecht

geändert

BAA Wedding

(Eigenhändige Unterschrift des Inhabers)

Wally Klopsch

1	Geburtstag	6. Mai 1912
2	Geburtsort	Berlin
	Kreis	
3	Staatsangehörigkeit	Deutsches Reich
4	Familienstand a led., verh., gesch., verw.	geändert: led. BAA Wedding [illegible] verh.
	b Zahl der minderjährigen Kinder	keine
5	Wohnort und Wohnung	~~Berlin-Reinickendorf-West Stahler Str. 4~~ ~~Berlin-[illegible]~~ ~~N 20 [illegible] 27~~ ~~N 31, [illegible]str. 38~~ ~~NW [illegible] Walzwerk [illegible]~~ [illegible] Schwedenstr. 16.

2

	Berufsausbildung	
a	Abgeschlossene Lehre	von ______ bis ______ als ______
	Lehrbetrieb (Art)	
	Ort	
b	Fachschulbildung	keine
c	Sonstige Fachausbildung	keine
d	Landwirtschaftl. Kenntnisse	keine
e	Besondere Fertigkeiten (z. B. Führerschein für Kraftfahrzeuge, für Flugzeuge)	keine

3

Bisherige Beschäftigungsarten von längerer Dauer

	vom	bis
A. Wertheim, Berlin Herren-Artikel Verkäuferin	X. 1926	X. 1934
Haushalt über Arbeitsplatzaustausch	II. 1934	I. 1935

4

Deutsches Reich

Berufsgruppe 25 2746 / III

Berufsart a 8

Ausgestellt am: 3. Januar 1936

(Stempel des Arbeitsamts)

Dienstsiegel

Arbeitsbuch

Welnor

(Unterschrift)

5

1 Name und Sitz des Betriebes (Unternehmers) (Firmenstempel)	2 Art des Betriebes oder der Betriebsabteilung	3 Tag des Beginns der Beschäftigung	4 Art der Beschäftigung (möglichst genau angeben)	5 Tag der Beendigung der Beschäftigung	6 Unterschrift des Unternehmers
N. JSRAEL BERLIN C.	Kaufhaus	30.11.35	Verkäuferin	24.12.35	[illegible]
N. JSRAEL BERLIN C.	Kaufhaus	27.1.36	Verkäuferin	6.2.36	N. JSRAEL [illegible]
Deutsche Waffen- u. Munitionsfabriken A.-G. Berlin-Borsigwalde	Kantine	12.3.36 14.7.36	Kaffeeausschänkerin Kassiererin	13.7.36 30.9.38	Deutsche Waffen- u. Munitionsfabriken A.-G. Berlin-Borsigwalde [illegible]
Alfred Eisemann Oekonom Berlin NW 40 Scharnhorststraße 35 Tel. 42 26 41	Wehrmacht Kantine	1. Nov. 1938	Kantinengehilfin	25. Febr. 1939.	Alfred Eisemann [illegible]
W. Weise Staaken Fliegerhorst Kantine	Kantine	6.3.1939	Verkäuferin	15.6.1939	W. Weise Staaken Fliegerhorst

6 7

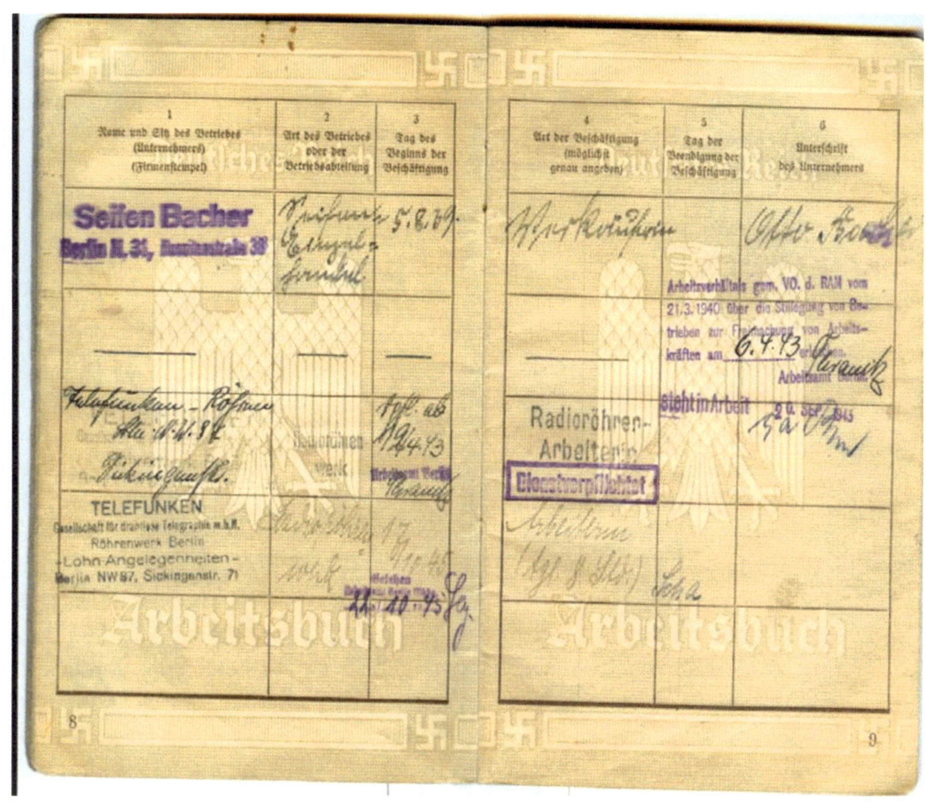

1 Name und Sitz des Betriebes (Unternehmers) (Firmenstempel)	2 Art des Betriebes oder der Betriebsabteilung	3 Tag des Beginns der Beschäftigung	4 Art der Beschäftigung (möglichst genau angeben)	5 Tag der Beendigung der Beschäftigung	6 Unterschrift des Unternehmers
Seifen Bacher Berlin N. 31, [illegible] 38		5.8.39			Otto [illegible]
				Arbeitsverhältnis gem. VO. d. RAM vom 21.3.1940 über die Stillegung von Betrieben zur Freimachung von Arbeitskräften am 6.4.43 erloschen. Arbeitsamt Berlin	
	Röhrenwerk	ab 7.4.43	Radioröhren-Arbeiterin Dienstverpflichtet	steht in Arbeit 20. SEP. 1943	
TELEFUNKEN Gesellschaft für drahtlose Telegraphie m.b.H. Röhrenwerk Berlin - Lohn-Angelegenheiten - Berlin NW 87, Sickingenstr. 71					

Arbeitsbuch

8 | 9

Die „Blut-und-Boden-Ideologie " und der „Reichserbhof"

1933 befanden sich die Bauern in Deutschland in einer verzweifelten Notlage. Die Schuldzinsen und hohe Steuern machten das Führen eines Hofes fast unmöglich. Bankzinsen betrugen seinerzeit zwischen 8 bis 15% und konnten sogar 23% erreichen. Selbst der Landjunker-Adel war bis zu 150% über den Grundwert verschuldet. So war es fast unmöglich geworden, einen Hof zu führen. Die Partei hatte die Bauern schon lange umworben und der Landwirtschaft einen Punkt des

Parteiprogramms gewidmet: Punkt 17. Dieser versprach eine Bodenreform und weitere Erleichterungen für den Bauern. Der Bauer wurde geehrt und als Reichsernährer, als das "Salz der Erde" aufgewertet (Vergleiche Shirer 1: 290). Die ostelbischen Großgüter wurden jedoch nie richtig verkleinert.

„Hat der Bauer Geld, hat`s die ganze Welt!
Hat der Bauer Not, hat`s ganze Volk kein Brot."

Auf diesen griffigen Vers konnte man die gesamte Landwirtschaftsstrategie konzentrieren (Struss: 78). Es beginnt der Kult um die "deutsche Scholle", um "Blut und Boden" (Struss: 41-6). Die ganze "Blut und Boden" - Philosophie war eine nebulöse verwunschene Vorstellung von >arischem Blut und deutscher Scholle<." Jedoch, so stellt Schoenbaum (295) fest: "Das Ideal einer "rassischen Auslese" eines >>neuen Adels von Blut und Boden<< war jedenfalls ein Chimäre".[77] Zischka (82) spricht von "auf Blut und Boden gegründete Lebensgemeinschaften", die an Stelle der zügellosen Weltwirtschaft treten müssen. Bergschicker (164) "<<Blut und Boden>> macht sie von vorneherein <<zur festesten Stütze der Nation>>" (die Bauern, K.O.A.). Ein Film mit dem Titel "Blut und Boden" wurde 1933 produziert, der die ganze Misere der Bauern zum Inhalt hatte (Struss: 78). Bergschicker (88) berichtet, dass sich die "einfältige Verfilmung der Blut und Boden Mystik" als "absolut massenunwirksam erweist", und dass selbst aktive Nazis solche Filme wie <<Blut und Scholle>> als <<Misthaufen-Poesie>> bezeichneten. Die Literaturschaffenden wurden angewiesen, sich mit diesem Problem zu befassen. Schriftsteller, die dem Verlangen nachkamen, wurden von ihren bereits emigrierten Kollegen/innen oder Verweigerern als "Ritter von Nadel und Nummer" (Parteinadel und -nummer, K.O.A.) oder als "Mann der Blubo-Gilde" betitelt (Sopade 1935: 226-29, 716). Bei Köcheler (127) finden wir den Hinweis, dass sich das "Dritte Reich" die Lehre von Blut und Boden auf die Hakenkreuzfahne geschrieben hätte. "Denn unser Blut ist schwäbisch und unser Boden auch".

Verständlicher wird einem die Idee, die dahinter steckt, auch nach Lesen vieler Hinweise nicht. Das war wohl auch beabsichtigt. Folgen und mitmachen, ohne zu wissen und zu fragen, das war das Gebot im "Dritten Reich". Das ganze "Blut- und Bodengerede" war eine Propagandaaktion, die den Bauern aufwerten sollte - man fragt sich warum - und die Bevölkerung an die Scholle, das Land, binden sollte. Bergschicker (164) gibt uns eine mögliche Antwort: Eine planmäßige Förderung der Mittel- und Großbauern soll den Nazis Verbündete im Dorf gewinnen, als Gegengewicht zu den in Ablehnung verharrenden Industriearbeitern wie zum Landproletariat selbst." Es mag insbesondere gewisse Wirkungen bei der Landesverteidigung gezeitigt haben, nachdem die überfallenen Völker ab 1944 an der deutschen Reichsgrenze standen, aber das ist hier Spekulation. Fest steht, dass Deutschland sich niemals hätte völlig aus der eigenen Landwirtschaft ernähren können, dass die Lebensmittellieferungen aus der Sowjetunion (bis 1941) und die Ausbeutung der bis 1944 okkupierten Länder die Ernährung und Kriegsführung sicherten.[78] Greifbare Ergebnisse brachte das so genannte "Reichserbhofgesetz", das aber nicht nur angenehme Auswirkungen für den Bauern hatte. Durch das Reichserbhofgesetz sollten die verarmten deutschen Bauern gesichert werden und die Voraussetzung für einen lebensfähigen Bauernstand geschaffen werden (Struss 41-6; Sopade 1935: 257).Das Erbhofgesetz versetzte die Bauern in mittelalterliche Zeiten zurück, schützte sie aber vor Übergriffen der Banken. [79] Höfe ab einer gewissen Flächengröße (siebeneinhalb Hektar, Bergschicker), die eine Familie ernähren konnten und "Blutreinheit" bis 1800 nachweisen konnten (Winkler: 29), wurden zum "Erbhof" erklärt. Diese konnten, ohne besondere Genehmigung, weder verkauft, gepfändet, geteilt oder belastet werden. Nach dem Tod ging der Hof an einen Erben über, in der Regel an den ältesten Sohn, der die Miterben ernähren und erziehen musste, bis sie volljährig waren.[80] So wurde der Bauer zwar vor der Versteigerung oder Zerstückelung seines Hofes bewahrt, aber er war auch für immer an ihn gebunden (Shirer 1: 292). Durch diese Schutzmaßnahmen werden selbst unfähige Bauern geschützt (Richter: 439). Keine Gabe der Nazis ohne Gegenleistung. Die Bauern wurden, gleichfalls ab 1933, durch den Reichsnährstand vertreten, der aber auch alles für sie regelte oder sie bevormundete. Ein Ziel war natürlich die Erreichung der "Ernährungsautarkie" (Shirer 1: 292). Diese wurde aber, wie zuvor erwähnt, niemals ganz erreicht. Schoenbaum (210) stellt abschließend fest, dass die "Erleichterungen sich durchwegs nur in ganz geringem Maße auswirkten". Diese feste Bindung an den Hof und die Unveräußerbarkeit des Besitzes brachte, neben den genannten, noch weitere Nachteile mit sich, die bis hin zur Unverheiratbarkeit der nicht Erbberechtigten führten, denn diese konnten niemals etwas vom Besitz bekommen, wenn kein Bargeld vorhanden war (Sopade 1937: 1131). Wo keine Mitgift zu erwarten war, blieben auch die Ehekandidaten aus. Als sichtbares Zeichen der Erbhofwürdigkeit wurde dem Bauern ein schönes, geschnitztes, markiges Holzschild überreicht, das man an die Hoftür nageln konnte.

Die Nationalsozialistische Volkswohlfahrt (NSV)

Hitler umriss in seinem Buch "Mein Kampf" die Aufgabe der Volkswohlfahrt: Sie liegt "in der Beseitigung grundsätzlicher Mängel in der Organisation unseres Wirtschafts- und Kulturlebens, die zu Entartungen einzelner führen müssen oder wenigstens verleiten müssen" (Ruthe: 47).

Mit rund 9,6 Millionen Unterstützungsbedürftiger hatte die Volkswirtschaft offensichtlich "gegen Mängel im Wirtschaftsleben" zu kämpfen.[81] Die klassische Finanzierung von öffentlichen Wohlfahrtsorganisationen war die Rückführung von Steuergeldern, die aber auch - bedingt durch Inflation und Wirtschaftskrise - nicht mehr in ausreichenden Beträgen zur Verfügung standen. Bis 1933 gab es in der freien Wohlfahrtspflege noch sieben große Organisationen, aber keine Dachorganisation, die koordinierend wirken konnte. Die Nationalsozialisten "veranlassten" diesen Zusammenschluss zur "Reichsgemeinschaft der freien Wohlfahrtspflege Deutschlands". "Die NSV hat in sämtlichen Arbeitsgemeinschaften die Führung" (Ruthe: 47-8). Die NSV wollte erreichen, dass jeder Deutsche das Gesamtwohl des Volkes im Auge hat. Dr. Goebbels proklamierte:

"Wer da Not leidet, dem soll geholfen werden". Und weiter: "Der Klassenkampf ist ausgerottet." Es sollte mit diesen Appellen erreicht werden, dass sich jeder für das Volk, die viel zitierte Volksgemeinschaft, verantwortlich fühlte (Ruthe: 48).

Die NSV wurde am 18. April 1932 ins Leben gerufen. Sie war auf die "Gebefreudigkeit ihrer ersten Mitglieder angewiesen". Spenden und Sammlungen halfen die ersten Finanzen zu organisieren. Später kamen Mitgliedsbeiträge hinzu. Am 3. Mai 1933 wurde die NSV durch Führerdekret zur Organisation innerhalb der Partei erklärt.

Zu Hitlers Geburtstag 1934 konnten die ersten Erfolge gemeldet werden: Geld-, Lebensmittelspenden und Kinderlandverschickungen (vergleiche Ruthe). Die NSV wurde mit der Durchführung des Winterhilfswerks (siehe dort) für den Winter 1933/34 beauftragt. 1935 bildeten bereits "23.000 Ortsgruppen und Stützpunkte die zahlreichen Kraftquellen, von denen aus die Werbewelle weiter getragen wird. Ihr Mitgliederstand hat die Fünfmillionengrenze längst überschritten" (Ruthe: 50). Über die Werbe- und Finanzierungsmethoden - nicht nur die der NSV - wird noch genauer zu berichten sein. Wie alles, so wurde auch die NSV vom Primat der Politik beherrscht: Die NSV hat neben der sozialen Aufgabe "aber die noch höher zu bewertende politische" (Ruthe: 50). Somit war klar, dass die NSV nicht nur eine karitative Vereinigung war. Die NSV unterteilte sich in:

- Gesundheitsführung
- Wohlfahrtspflege und
- Rechtsberatung.

Untergliederungen der NSV waren das
- Winterhilfswerk und
- Hilfswerk "Mutter und Kind".

Die Gesundheitsführung wurde unterteilt in:
- Gesundheitsfürsorge
- Gesundheitspflege und
- Gesundheitserziehung.

Eine scharfe Trennung der drei Bereiche war nicht immer durchführbar. „Da es im Interesse des Staates liegt, dass jeder Volksgenosse gesund ist, um zu großen Leistungen fähig zu sein, erfolgt eine aufwendige Gesundheitsaufklärung in der Bevölkerung. Sie dient der Krankheitsvorbeuge und Krankheitsverhütung" (Ruthe: 51). Das Aufgabengebiet der NSV umfasste insgesamt gesehen folgende Einzelgebiete: Kindergärten, Horte, Wohnungshygiene, Wohnungsbeschaffung, Schädlingsbekämpfung, Unfallverhütung, Jugendschutz, Haftverschonung für Jugendliche, Kleingärtenvermittlung, Naherholung, Brandverhütung, Berufsberatung, Müttererholung, vorbeugende Jugendhilfe, Aufklärung über Volksseuchen (Tuberkulose, Geschlechtskrankheiten) und anderes mehr (Ruthe: 52). Heute, nach Rückgewinnung der Demokratie, werden diese wichtigen Aufgaben von einer Vielzahl staatlicher und freier Träger wahrgenommen - ohne das Vorherrschen der Politik.

Hilfswerk „Mutter und Kind"

Die Zielsetzung für diese, an sich positive, Einrichtung, senkt sofort wieder ihren Wert herab. "Schon die Eheberatung sorgt für rassehygienische und erbbiologische Aufklärung. Mutterschutz und Säuglingsfürsorge gehören ebenfalls zur vorbeugenden Fürsorge; denn "Mutter und Kind sind das Unterpfand für die Unsterblichkeit des Staates" (Ruthe: 52). Die Einrichtung für "Mutter und Kind" ist im Prinzip schon vor den Nationalsozialisten vorhanden gewesen - wie so vieles. Es fanden aber die Vorgänger, die freien Wohlfahrtsträger, nicht den Gefallen der Nationalsozialisten, da sie nicht von ihnen kontrolliert wurden. So wurde denn auch in diesem Fall, über die NSV, das Volk zu "Hilfe aufgerufen, um den staatlichen Stellen und kommunalen Behörden nicht neue Lasten aufzuerlegen" (Ruthe: 55).[82] Für die Zeit fortschrittlich gedacht war, dass "Mutter und Kind" sich auch um die ledige Mutter kümmert :[83] "Insbesondere steht hier die seelische Beratung und die Sorge für das weitere Schicksal von Mutter und Kind im Vordergrund" (Ruthe: 55). Selbstverständlich war die

"nicht moralisierende Haltung" nicht ohne praktischen Hintergrund für die Nationalsozialisten, denn es war, in der Tat, praktische Hilfe für ledige Mütter und half die Geburtenrate anzuheben. (Siehe "Frauen im Nationalsozialismus" und "Förderung des Kinderreichtums").
Die Hilfsleistungen von "Mutter und Kind" umfassten:

- Wirtschaftliche Hilfe (Sachleistungen, Babywäsche)
- Arbeitsplatzhilfe (Väter bekommen Arbeitsplätze, deren Verdienst der Familiengröße gerecht wird)
- Wohnhilfe (gesunder Wohnraum für die Familie)
- Müttererholung (Mütterverschickung, Organisation von Haushaltshilfen)
- Mütterschulung (Schulung von Müttern und Pflegemüttern)

1934 brachte das Hilfswerk "Mutter und Kind" zehn Millionen Reichsmark durch Sammlungen ein. Dadurch konnten 200.000 Kinder und 40.000 Mütter auf Erholungsurlaub geschickt werden. Rund 730.000 Kinder wurden 1934/35 in 30 Millionen Verpflegungstagen als Pflegekinder bei Volksgenossen auf dem Lande von diesem Erholungswerk erfasst. Das entspricht einem Wert von 56.300.000 Reichsmark - nachzulesen bei Ruthe (57).

Wo so viel "Positives" zu berichten ist, gibt es auch jede Menge Schatten. In den Sopade-Deutschlandberichten finden wir kritische Bemerkungen zur NSV. Aus Objektivitätsgründen sollen hier einige aufgeführt werden: "Mit der verstärkten Agitation für "Mutter und Kind" verbunden, wird ein verschärfter Zwang zum Eintritt in die NSV. Und wer sich nicht als Staatsfeind abstempeln und sich als solcher verfolgen lassen will, tritt eben zwangsmäßig der NSV bei" (Sopade 1934: 325). "Die Autokosten des Staates Lippe-Detmold haben sich nach dem 30. Januar 1933 vervielfacht. Die NS-Volkswohlfahrt unterhält in Lippe, einem kleinen Lande von 164.000 Einwohnern sieben Autos" (Sopade 1934: 325). "Der Druck zum Eintritt in die Volkswohlfahrt ist sehr stark" (Sopade: 1934: 530). "Die NSV hat 250.000 Schuhbesohlscheine über 2 Mark ausgegeben, von denen die einlösenden Schuhmacher aber 5% "Zwangsspende an die NSV abliefern müssen" (Sopade 1935: 455).“Der Wunsch des Führers ist es, dass alle Deutschen der NS-Volkswohlfahrt angehören. Wollen Sie einen Wunsch unseres Führers nicht erfüllen?" (Sopade 1935: 841). Wer konnte hier "nein" sagen, ohne gleich verhaftet zu werden? Soweit ein Trend- und Stimmungsbericht. Die Aufzählung ließe sich noch weiter fortführen. Siehe auch "Spenden und Sammelunwesen".

Das Winterhilfswerk (WHW)

Das nationalsozialistische Regime übernahm aus der Weimarer Republik das "Winterhilfswerk" und machte daraus eine Propagandaaktion [84] (Richter: 445).

Ständig gab es Straßensammlungen, die bereits im ersten Winter Geld- und Sachspenden von 42 Millionen Reichsmark einbrachten.[85] In erster Linie sollte das WHW Bedürftigen mit Sachspenden helfen - Kleidung, Kohlen, Lebensmittel, Wäsche und dergleichen Gebrauchsgegenstände. Man gab in den Großstädten auch Bons für den verbilligten Bezug von Kohlen, Kartoffeln und mitunter für Fleisch aus (Richter: 376). Die Sammeltätigkeit wurde von deutschen Frauen und Männern durchgeführt, die an das Gute dachten und glaubten, dass das WHW darstellte. Ruthe (54) spricht von einem "Heer freiwilliger im Helferdienst stehender Männer und Frauen" und bei Richter (449) finden wir eine konkrete Zahl: 1,5 Millionen freiwilliger Sammler. Wenn auch nicht alle Helfer ganz freiwillig waren, so waren auch nicht alle gezwungen. "Viele, die sich scheuten, in eine der vielen NS-Organisationen einzutreten, gaben sich gutwillig und sammelten wenigstens für sie" (Richter: 445)[86]. Beeindruckend sind die großen Mengen an Sachspenden einer Wintersammlung:

- 2.437.000 Paar Schuhe
- 182.000 Zentner Fisch
- 5.969.000 Liter Milch
- 6.526.000 Pfund Zucker
- 12.334.000 Brote

- 52.000.000 Zentner Kohlen (Ruthe: 55)

"Die Leistungen von drei Winterhilfswerken (=Jahren, K.O.A.) zusammen ergaben den gewaltigen Betrag von über einer Milliarde Reichsmark. Betreut wurden damit 43,7 Millionen Volksgenossen" (Ruthe: 55). Bei solchen großen Sach- und Geldspenden blühte die Korruption und Unterschlagung innerhalb der zahlenmäßig notgedrungen aufgeblähten Organisation. Die Sopade-Bände berichten ausführlich darüber, und auch Goebbels musste bekannt geben: "Das WHW sollte unter Aufsicht der Regierung "mit den saubersten und anständigsten Verwaltungsmethoden durchgeführt werden" (Ruthe: 50). Diesem hochgesteckten Anspruch konnte nicht uneingeschränkt nachgekommen werden, wie die Sopade zu berichten weiß. Die gewaltigen Spendenleistungen waren, wie ihre Sammler, nicht alle freiwillig. Es würde zu weit führen, alle Repressionen und deren Varianten aufzuzählen. Die eine oder andere Schikane ist ja bereits erwähnt worden. Stellvertretend soll eine Sopade-Aussage hier für alle stehen: "Nach außen wird die Aktion wieder durch "freiwillige Spenden" finanziert: "In Wirklichkeit handelt es sich um eine zusätzliche steuerliche Belastung, die mit den erprobten Methoden eines raffinierten politischen Terrors eingetrieben wird" (Sopade 1934: 519).

Eintopfsonntage

Die so genannten "Eintopfsonntage" waren eine Solidaritätserklärung der Bessergestellten mit den schlechter gestellten. An den zu Eintopfsonntagen erklärten Sonntagen wurde auf den Fleischgang verzichtet und stattdessen ein Eintopfgericht gegessen. Die Preisdifferenz (=Ersparnis) wurde für karitative Zwecke zur Verfügung gestellt. Eintopfessen fanden in der Öffentlichkeit an Feldküchen unter Mitwirkung prominenter Deutscher aus Regierung, Kunst und öffentlichem Leben statt.

Propagandaplakate mit z.B. der Aufschrift: "Der Reichskanzler und der Tagelöhner essen am 4. Februar ein Eintopf-Gericht. Du auch?"

forderten zum Mitmachen auf ("Rückblende" - siehe Quellen). Dass der Reichskanzler Adolf Hitler tatsächlich auch einen Eintopf aß, bestätigen Lucas (39) und Picker (21-30, 40) indirekt: "Hitler and Goebbels both lived simple lives. Neither was a gourmet, neither was a wine connoisseur. Indeed, the frugality of the meals and drinks served at Goebbel's table was notorious (...). It was a sacrifice (das Eintopfgericht, K.O.A.) which the German people made gladly because Eintopfgericht was a meal which both Hitler and Goebbels were said to enjoy immensely". Picker bescheinigt Hitler eine "soldatisch einfache Lebensweise" und, dass er "geradezu bedürfnislos dahinlebte." Hier stimmte die Wirklichkeit wohl einmal mit der Propaganda überein.

Im Winter 1933/34 brachte das Eintopfgericht 25.129.000 Reichsmark ein und im Winter 1935/36 bereits 31.697.000 Reichsmark (Ruthe: 55). Die TV-Sendung "Rückblende" weiß zu berichten, dass das WHW, welches die Eintopfsonntage veranstaltete, 1939/40 680 Millionen Reichsmark an Spenden erzielte, womit allerdings auch das Regime finanziert wurde. Ferner sollen solche Aktionen nicht nur Sozialpropaganda gewesen sein, sondern auch ein genereller Appell an die Bevölkerung zu sparen ("Rückblende" - siehe Quellen). Vor allem sollten Devisen gespart werden, die sonst für Lebensmittelimporte gebraucht worden wären (Bergschicker: 173). Sparen war, eigentlich die gesamte Zeit im "Dritten Reich" immer irgendwo erforderlich, denn die Aufrüstung und Autarkiebestrebungen sorgten für viele materielle Engpässe – wie zum Beispiel die „Fettlücke“ (vergleiche Sopade-Berichte).

Förderung des Kinderreichtums

"Es ist eine der wichtigen Aufgaben des nationalsozialistischen Staates, den Gedanken der Frühehe und den Gedanken der kinderreichen Familien zu fördern." (Sopade 1938: 642) Der Grund: seit 1900 hatte sich die Geburtenzahl in Deutschland halbiert.[87] Aus diesem Grund wurden die Forderungen zur Familienförderung schon vor den Nationalsozialisten erhoben. Sie wurden aber von ihnen erneut erhoben und stärker in den Vordergrund gestellt. Die Familienpolitik befand sich eigentlich im Widerspruch. Die Nationalsozialisten stellten das deutsche Volk als ein "Volk ohne Raum" dar, dem es an Platz für seine Menschen mangelte. Andererseits förderten sie den Kinderreichtum.

Das geschah vielleicht auch schon im Hinblick auf die Eroberungskriege, die den "Lebensraum" im Osten schaffen sollten. Nach heutiger Marketingterminologie "schaffte man den Markt".[88] Einige Methoden, Mädchen und Frauen in die Ehe zu locken, wurden in vorhergehenden Kapiteln behandelt, so dass hier an dieser Stelle darauf verzichtet werden kann. Im Regelfall war die Ehe natürlich zur Förderung des Kinderreichtums vorgesehen, aber auch andere Möglichkeiten wurden - wie wir sahen und sehen werden - nicht ausgeschlossen. Wir beschränken uns hier auf direkte Fördermaßnahmen zur Steigerung der Kinderzahl. Die, um die Eheschließung zu fördernden, gewährten Ehestandsdarlehen konnten in Form von Kindern "zurückgezahlt" werden.[89] Es gab 25% Ermäßigung für jedes lebend geborene Kind. Nach vier Kindern war das Darlehen "getilgt". Die Gewährung dieses Darlehens war an einen Antrag gebunden, dem drei Photographien im unbekleideten Zustand beizufügen waren - von vorn, der Seite und von hinten[90] (Sopade 1938: 643). Andere "Fördermaßnahmen" waren mit Druck verbunden. Es wurden ganze Berufsgruppen (z. B. die Beamten), deren Arbeitsplätze direkt vom Staat abhingen und beeinflussbar waren, zur "Ehe getrieben", indem man Beförderungen und/oder höhere Bezüge in Aussicht stellte. Freude sollten Großfamilien auch haben, und so machten große Gruppen kinderreicher Familien z. B. Ausflüge mit "Mütterehrungen". Ansprachen sollen den Gedanken "der Großfamilie" verbreiten. Kinderlose und Kinderarme werden förmlich beschimpft (Sopade 1938: 645). Es gab sogar den "Reichsbund der Kinderreichen e. V." kurz R.d.K. genannt. Lehrmittelfreiheit, Kinderbeihilfen und Schulbeihilfen, Wohnungsbeschaffungen und Stellung von Haushaltshilfen waren weitere Vergünstigungen für Kinderreiche. Für Mütter von Großfamilien gab es Ehrenkarten, die zu einer bevorzugten Abfertigung bei allen Behörden und Dienststellen berechtigten. Dennoch: "Der Erfolg dieser vielfältigen Bemühungen ist bescheiden. Zweifellos ist die Zahl der Eheschließungen und Geburten nach 1933 beträchtlich gestiegen. Dies wurde aber durch die Beseitigung der Arbeitslosigkeit in erster Linie erreicht" (Sopade 1938: 649)[90] 1938 wurde festgestellt, "dass noch 11% an der zur bloßen Bestandserhaltung erforderlichen Gebärleistung fehlen." Die NS-Strategen waren in ihrer Politik der Geburtenförderung nicht ganz so effektiv, wie immer gern angenommen wird. Ab 1933 war eine erhöhte Geburtenrate zu verzeichnen (302.000 Erstgeburten). 1935 wurde mit 478.209 Geburten ein Höhepunkt erreicht. Ab 1936 ließ die Gebärfreudigkeit bereits wieder nach. Wie weiter oben erwähnt, lag sie 1938 schon wieder unter dem Minimum, das zur "Bestandserhaltung" erforderlich war. Tatsache ist, dass die Geburtenrate im "Dritten Reich" unter der in der Weimarer Republik lag. Dennoch, der Trend des Geburtenrückgangs, der seit ca. 1900 bestand, konnte gebrochen und sogar umgekehrt werden.

Jede forcierte Förderung hat auch ihre Gefahrenmomente. "Das Gespenst der "asozialen Großfamilie" taucht immer häufiger in den bevölkerungspolitischen Betrachtungen der nationalsozialistischen Rassentheoretiker auf" (Sopade 1938: 651). Schoenbaum gibt ein Beispiel dafür: Gemeint sind kinderreiche Großfamilien, in denen der Mann sich gänzlich auf die Kinderbeihilfen und Fürsorgesätze verlässt, die das offensichtlich möglich werden ließen. Wie schon berichtet, warfen die Nationalsozialisten für Kinder ihre kleinbürgerlichen Moralvorstellungen über Bord, wenn sie auch für außereheliche Geburten plädierten: "Nicht jede deutsche Frau kann verheiratet sein, aber jede deutsche Frau kann dem Führer ein Kind schenken". Ein Kind geboren zu haben sei "eine patriotische Pflicht". Die Frau hatte - verheiratet oder nicht - ihre höchste Bestimmung erreicht: sie war Mutter (Lucas: 53). Eine weitere Variante waren die Überlegungen, dass alle Frauen die (schuldlos) in einer kinderlosen Ehe lebten, durch zeugungsfähige Männer an ein Kind kommen sollten. Der Personenstand der Männer war dabei unerheblich (Fest: 937). Pervertiert wurde die Idee der Nachwuchsförderung durch Pläne, nach denen verdiente Kriegshelden mit "rassisch reinen"

Frauen Kinder züchten sollten. Sogar die Polygamie sollte nach dem gewonnenen Krieg eingeführt werden, weil "die Bevölkerungsnot sich nach dem Kriege eher noch verstärken werde, da drei bis vier Millionen Frauen unverheiratet bleiben mussten" (Fest: 936-37).

Reine Zuchtstationen, insbesondere für die Zeit nach dem (natürlich) siegreich beendeten Krieg, hatte auch die SS vorgesehen. "Begegnungsstätten zwischen SS-Männern und "rassisch reinen Frauen" (Lebensborn e.V. genannt, K.O.A.) gehörten ebenso zum Repertoire der Bevölkerungspolitik der Nationalsozialisten" (Seidler: 194). Kann man letztere zwei Maßnahmen zur Bevölkerungspolitik noch mit dem Prädikat "geschmacklos" versehen, überkommt einen bei Dr. Josef Mengeles "Zwillingsforschung" das Grauen. In Auschwitz selektierte dieser "Arzt" Zwillingspaare, vermass sie, tötete und sezierte sie. Es gab also immer Tote bei dieser Art "Forschung". Ziel dieses Wahnwitzes war, " (...) einen Weg zur Rassenvermehrung zu finden, indem jede deutsche Mutter nach Möglichkeit Zwillinge gebiert." (Wörner: 85)

Ehrenkreuz der Deutschen Mutter (Mutterkreuz)

Wie wir weiter oben schon lesen konnten, war es möglich, das Ehestandsdarlehen mit Kindern zurückzuzahlen („abkindern"). Mit vier Kindern war das Darlehen gelöscht. Da die Familienpolitik aber jede Geburt mit einer „Schlacht, die die Frau geschlagen hatte", gleichsetzte, gab es auch Orden dafür. Ab vier lebend geborenen Kindern gab es ab 1938 das Ehrenkreuz der Deutschen Mutter. Wie es sich gehört, war auch das Mutterkreuz in drei Klassen zu bekommen – nach Anzahl der geborenen Kinder: Bronze (4 oder 5), Silber (6 oder 7) und Gold (8 oder mehr). Siehe Zentner/Bedürftig.

„Kinderlandverschickung" (KLV)

Die KLV war als Organisation gedacht, Stadtkindern zum Zwecke eines Erholungsaufenthaltes in Pflegestellen auf dem Land zu vermitteln. Später jedoch wurden Kinder aus Luftkriegsgefährdeten

Städten evakuiert und dort auch beschult. „Etwa jedes dritte Schulkind im H.J.-Alter dürfte mit einem der 9000 Lager Bekanntschaft gemacht haben, fast so viele jüngere Kinder mit der Kinderlandverschickung als Evakuierungsmaßnahme“ (Zentner: 309) Siehe auch „Hilfswerk Mutter und Kind“ und NSV weiter oben.

Reichsheimstättenamt

Das Reichsheimstättenamt befasste sich mit dem Wohnungsbau und Siedlungsbau auf dem Land. Auch diese „Reichsleistung“ war grundsätzlich schon in der Weimarer Republik in Form von Wohnungsbaugenossenschaften vorhanden. Sie wurden jedoch wie so viele andere Einrichtungen von den Nationalsozialisten „übernommen“ und unter dem Mantel „Reich“ wieder eingeführt. Der berechtigte Personenkreis, der in den Genuss der Leistungen des Reichsheimstättenwerks fiel war – wie immer – begrenzt: man musste „arisch“ sein, nicht älter als 45 Jahre, verheiratet und mindesten zwei Kinder haben. Ferner waren zweitausend bis dreitausend Stunden Eigenleistung im Rahmen des Bauprojekts erforderlich. Nach drei Jahren Probezeit konnte das Haus übereignet werden. Ein ähnliches Programm unterhielten die USA bereits früher – siehe Homestead Law (Zentner: 244) und wikipedia „Reichsheimstättenamt“.

Steuerkarten/Lohnsteuer/Steuerklassen

Die Steuerkarte/Lohnsteuerkarte wurde 1925 eingeführt und 2010 letztmalig ausgestellt (Umstellung auf elektronische Datenverarbeitung, K.O.A.).

„Mit dem Steueranpassungsgesetz von 1934 wurde die 1920 eingeführte Reichseinkommenssteuer fortentwickelt und das noch heute geltende Steuersystem mit den Steuerklassen I bis IV geschaffen.“ Es wurde jedoch nicht das Ehegattensplitting eingeführt. Die Verdienste der Ehegatten wurden einfach addiert, versteuert und ergaben so höhere Abzüge. Dieses Vorgehen kann auch als eine Maßnahme gesehen werden, Frauen aus dem Erwerbsleben zu drängen (siehe Kapitel Arbeitsbeschaffung, K.O.A.) Es wurde keine besondere Kriegssteuer eingeführt, sondern sogar einige Steuererleichterungen veranlasst (Fortfall der Nacht-, Sonn- und Feiertagszuschläge). Firmen und Haubesitzer wurden dagegen erheblich stärker belastet (Vergleiche Wikipedia „Sozialpolitik im Nationalsozialismus“).

Spenden- und Sammelunwesen

Die Nationalsozialisten hatten schrittweise das gesamte Deutsche Reich mit einem Abgaben-Netz überspannt. Durch ein "Spenden-Gesetz" vom 24. März 1934 mussten alle Sammlungen und Spenden vom Führerstellvertreter Rudolf Heß genehmigt werden (Sopade 1934: 531).

Dadurch errichteten sich die Nationalsozialisten selber ein "Sammelmonopol". Somit erschlossen sie sich Geld- und Sachquellen ungeahnten Ausmaßes.[91] "Die Finanzierung der nationalsozialistischen Sozialpropaganda erfolgte durch die bekannten "freiwilligen" Spenden." Dies hatte Vor- und Nachteile:

Vorteile: unkontrollierbare neue große Einnahmen
Geldmittel wurden für politische Zwecke entfremdet
keine Steuererhöhungen - so wurde behauptet[92]

Nachteil: leichtes Totlaufen von Sammlungen.

(Sopade 1934: 530)

Je näher man sich mit dem Sammel- und Spendenwesen der Nationalsozialisten befasst, desto mehr kommt man zu dem Schluss, dass es für große Teile der Bevölkerung ein fast unerträgliches Geschehen gewesen sein muss. Wo die "Freiwilligkeit" nicht spontan und offensichtlich nicht ertragreich genug war, wurde mit Druck und Zwang nachgeholfen. Hier einige Beispiele des Terrors: Eine junge Frau wurde aus dem Arbeitsverhältnis entlassen "wegen verständnislosem Verhaltens gegenüber dem Winterhilfswerk"[93] (Sopade 1936: 1043). "Säumige Spender" werden in der örtlichen Tagespresse negativ erwähnt: "Volksgenossen, die jedes soziale Empfinden verloren haben, werden in der ganzen Presse angeprangert" (Sopade 1935: 179). Die Arbeitgeber zwangen die Lohnempfänger zum Spenden mit der Drohung, den Arbeitsplatz zu verlieren (Sopade 1937: 1585) Eine weitere Methode, "freiwillige Spenden" zu bekommen, war der direkte Abzug vom Lohn oder Gehalt, mit dem Vermerk "Spende". Schulen und Betriebe wurden geschlossen zu Sammlungen geführt (Sopade 1937: 1585). Die nun folgende Aufzählung von Sammlungen und Spendenaktionen, nicht alle waren überregional, soll einen Eindruck von der zusätzlichen finanziellen Belastung der Bürger vermitteln. Auch Sachspenden wurden ja vor dem Spenden bezahlt.

Das Sammelwesen, die Sopade nennt es "Sammelunwesen", veranlasste sogar die Nationalsozialisten im Jahre 1934 zu der Überlegung, "ob es nicht an der Zeit sei, auch einmal Sammelferien einzulegen" (Sopade 1934: 141). Es wurde gesammelt für:

- Winterhilfswerk (obligatorisch für alle Volksgenossen)
- auch die Adolf-Hitler-Spende der deutschen Wirtschaft entband nicht von WHW-Spenden
- NSV (obligatorisch für alle Volksgenossen)
- Reichsmütterdienst
- Reichssportgroschen
- Olympiamarken mit Zuschlag (für die Olympiade 1936 in Berlin)
- Zweckverband Reichsparteitag Nürnberg
- Opfer der Arbeit
- Reichsnährstandsbeitrag
- Beiträge zu Berufsverbänden
- Hilfsaktion für Spaniendeutsche (angeblich sind 3000 Deutsche vor dem spanischen Bürgerkrieg geflohen)
- DAF-Beitrag (Zwangsgewerkschaftsbeitrag - siehe DAF)

- Spatenabnutzungsbeitrag ("freiwillig" Arbeitende bezahlen die Abnützung des Spatens, mit dem sie graben)
- Mutter und Kind[94]
- Uniformbeschaffung "Hitler-Jugend"
- Luftsportspende
- Autounglück des RAD
- Eintopfgericht - Rote-Kreuz-Sammlung[95]
- Reichswerbe- und Opfertag des deutschen Jugendherbergswerkes
- Reichsberufswettkampf
- VW- Sparen[95]
- Fliegerhilfe
- Kriegswitwen und Kinderreiche
- Adolf-Hitler-Spende der deutschen Wirtschaft (mit dieser, einmal im Jahr zu leistenden, "Spende" konnten sich Unternehmen und Betriebe von allen anderen Sammelaktionen "freikaufen". Lediglich die WHW- und NSV-Spenden waren ausgenommen.)
- Dankopfer der Nation (ab 1936 als "Geschenk des Volkes an den Führer")
- Tag der deutschen Rose ("freiwillig" gespendete Rosen wurden für karitative Zwecke verkauft)
- Erntedankfestabzeichen
- Saarplaketten
- H.J.-Plaketten
- Eiserne Rationen für Nürnberg[96]
- Volksbund für das Deutschtum im Ausland
- Erhaltung deutscher Schulen im Ausland
- NS-Frontkämpferbund
- Richard-Wagner-Denkmal-Sammlung
- Sammlung für Notstandsarbeiter
- Aufrunden von Straßenbahnfahrpreisen
- NS-Frauenschaft
- Tag der nationalen Solidarität
- Beamten Opferwerk

- Pfundsammlung (Lebensmittelspende)
- Fettsammlung
- Kleidersammlung
- Naturaliensammlung in der Schule
- Zwangskauf von Luftschutzsandsäcken
- Selbsthilfe (niemand wusste, was das war!)
- NSDAP
- SS
- Kd F
- SA
- Kameradschaftsopfer der deutschen Schuljugend für Auslandsdeutsche
- Bausteinsammlung für das Gauhaus in Franken
- NS-Studentenschaft
- Zwangsabzüge aller Stadtangesellten in Chemnitz
- H.J.
- Faschingsplaketten
- Ledigensteuer
- Polizeiopfer

Die Aufzählung aller erbetenen Spenden und durchgeführten Sammlungen ließe sich unschwer noch fortsetzen, was aber nicht vorgesehen ist. Die genannten Spendenarten geben schon einen hinreichenden Einblick in die Praxis der nationalsozialistischen Beitreibung von [97]"freiwilligen" Opfern. Alle Beispiele wurden den Sopade-Bänden 1934 bis 1937 entnommen.

Den Gipfel an Unzumutbarkeit stellen aber die folgenden zwei "Sammlungen" dar, die ebenfalls bei Sopade zu finden sind: Anlässlich der Hochzeit des Dresdner Oberbürgermeisters wurde allen städtischen Arbeitern und Angestellten drei Monate lang bei jeder Lohnabrechnung die Pfennigbeträge abgezogen, um dem Herrn Oberbürgermeister ein Auto zur Hochzeit zu schenken. Das zweite Beispiel ist Hermann Göring, dem aus "freiwilligen" Spenden der Berliner Beamten und Stadtbediensteten 1935 ein Flugzeug (!) zur Hochzeit geschenkt wurde. Der Industrielle Reemstma, ein Verehrer der Nazis, schenkte dem Reichsjugendführer Baldur von Schirach ein Flugzeug (Bergschicker: 31) Man hat von keinem der Beschenkten gehört, dass die Geschenke abgewiesen oder zumindest einer karitativen Vereinigung übergeben wurden, was dem Ganzen dann wenigstens die Anrüchigkeit genommen hätte. Es ist gut und richtig, wenn sich eine Gemeinschaft auf ihre Solidarität besinnt und dringende Aufgaben aus sich heraus erledigt und nicht immer auf den Staat wartet oder nach ihm ruft. (Das hat auch J.F. Kennedy vorgeschlagen.) Es gibt sehr viele positive Beispiele aus demokratischen Staaten und dem Nachkriegsdeutschland dafür. Eine Grundbedingung muss jedoch erfüllt sein: die absolute Freiwilligkeit, die den Deutschen im "Dritten Reich" aber systematisch verleidet wurde. Sie war in überreichem Maße vorhanden, wie selbst die Nazis zugeben mussten (Vergleiche Fest: 589). Für einige NS-Organisationen wurde wohl gern gegeben, da man ihren Sinn und Zweck einsah. Bei einer Großzahl der Sammelaktionen setzte sehr bald das Verständnis aus. In gleichem Maße wuchsen die Repressalien, um die "Freiwilligkeit" zu gewährleisten und Erträge zu sichern. Schon 1934 stellt die Sopade (102) fest: "Statt Besserung der wirtschaftlichen Lage wurden verstärkt Abzüge von Lohn und Gehalt eingeführt. (...) und dergleichen Betteleien führte zu ständig steigender Erbitterung gegen das Reich." Private Sammelaktionen wie z. B. von "Heilsarmee" oder "Tellersammlungen" für Hochzeiten, Sammlungen für "erkrankte Kollegen" waren verboten und wo sie dennoch durchgeführt wurden, wurde das Sammelergebnis ganz oder zum großen Teil beschlagnahmt (Sopade 1935: 179). Hier wurde das Sammelmonopol brutal angewendet.

Lucas (37-8) sieht die Sammelaktionen so: "Calling upon ordinary Germans to be generous to the underprivileged provided a useful method of "indirect taxation" as well a valuable barometer of public opinion." Dem kann man anhand vorliegender deutscher Literatur nur zustimmen.

Korruption und Betrug

In einer dermaßen aufgeblähten Organisation, wie es die NSDAP mit ihren Untergliederungen, Abteilungen und Unterabteilungen war, der sozialen Struktur ihrer Mitarbeiter und Parteigenossen, Helfer und Sachwalter, konnten Betrügereien und Korruption nicht ausbleiben. Ausgenommen hiervon sind natürlich auch wieder die zahllosen Personen, die aus gutem Glauben oder Überzeugung heraus handelten. Unbestritten blieben aber genügend Unehrliche übrig. Die oftmals gewaltige und unkontrollierbare Macht, die einzelne Mitarbeiter ausüben konnten, und die vielfach nicht genau nachprüfbaren Sammelergebnisse an Geld- und Sachspenden, verführten geradezu zur Selbstbereicherung. Zum Verständnis, nicht zur Entschuldigung, mögen die allgemein angespannten Lebensbedingungen genannt werden können, die aber das ganze Volk betrafen. Die Unterschlagungen und Korruption beschränkten sich nicht auf die "unteren Ränge". Sie ließen sich bis "ganz nach oben" verfolgen. Die Sopade-Berichte sind voll davon.[98] Die Bestrafung von Altgedienten Parteigenossen oder Nazis hielt sich in Grenzen. Da, wo sie nicht mehr haltbar waren, wurden sie entfernt, aber wieder anderweitig versorgt. Die höchsten Parteiämter hatten es nicht nötig sich korrumpieren zu lassen, sie korrumpierten selber. Gauleiter z. B. hatten die Macht von mittelalterlichen Potentaten, die sie auch oft so ausnutzten. Von "Spenden" an hohe und höchste Repräsentanten des Staates berichtete das vorhergehende Kapitel.

Dass es im "Dritten Reich" eine allgemeine Beutemacher-Stimmung gab, lässt sich bei Fest (574-80) nachlesen: "Die Tatsache, dass Hitler den Staat der Partei nicht einfach als Beutestück überließ, hat unter seinem Anhang große Unstimmigkeit erzeugt." Weiter: "Sechs oder mehr Millionen Erwerbslose bildeten eine Quelle ungeheurer sozialer Energie: des ungestillten Verlangens nach Arbeit, der Beutebedürfnisse und Karriereerwartungen: (...) Alte Kämpfer, die Direktoren, Kammergerichtspräsidenten, Aufsichtsräte oder einfach, durch Gewalt oder Erpressung Teilhaber werden wollten." Hitler wurde vorgeworfen, "ungerechtfertigt Korruptionsprozesse gegen frühere Machthaber anzustrengen, während seine eigenen Leute sich die Taschen füllten:" (...) Seine Antwort: " Wenn wir Deutschland groß machen, haben wir ein Recht, auch an uns zu denken." Hitler selber, nachzulesen bei Picker (11 ff.) soll einen großen Teil seiner Aufwendungen (Fahrzeugstaffel, Flugzeugstaffel) aus seiner Privatschatulle, die durch Tantiemen seines Buches "Mein Kampf" immer gut gefüllt war, bestritten haben. Die Tantiemen kamen aber auch durch Zwangskäufe resp. Verteilung des Buches auf Staatskosten herein. Seine Prunkbauten und Zufluchtsburgen (z. B. "Berghof") zahlte dennoch der Steuerzahler - das Volk.[99] Ferner bekam er Gelder für jedes Führerbild, Postkarte usw., das von ihm veröffentlicht oder verkauft wurde. Auch sein Konterfei auf Briefmarken ließ er sich bezahlen. Nach heutigem Standard wäre er Multimillionär.

Lohnpolitik

Die Gestaltung der Löhne und Arbeitsbedingungen ist in unserer Demokratie nicht Angelegenheit des Staates, sondern der autonomen Tarifpartner, die die Löhne und Rahmenbedingungen frei und selbständig aushandeln - unter Berücksichtigung der Lage der Volkswirtschaft (Stabilitätsgesetz). Mit der Zerschlagung der Gewerkschaften am 2. Mai 1933 und der Gründung der Deutschen Arbeitsfront endete die freie Tarifgestaltung in Deutschland. Stattdessen bestimmten DAF- "Treuhänder" die Regeln im Umgang zwischen Arbeitgebern und Arbeitnehmern. (Siehe Kapitel "Die Nationalsozialisten und die Gewerkschaften" und "DAF") Die Schwierigkeiten, denen sich die Nationalsozialisten bei der Lohngestaltung (besser Lohndiktat) ausgesetzt sahen, können wie folgt umrissen werden:

- Produktionssteigerung
- feste Preise auf dem Weltmarkt
- Stetigkeit in der Preisbildung.

Deutschland wollte unbedingt im internationalen Rüstungswettlauf mithalten und seine Stellung in Südosteuropa ausbauen (siehe auch "Wirtschaftslage 1933"); ab 1936 verstärkter Arbeitskräftemangel, steigende Produktionskosten, die die Inflation anheizen konnten - was aber nicht sein durfte. "Damit ist die doppelte Aufgabe der nationalsozialistischen Lohnpolitik umrissen: Begünstigung der Leistungssteigerung und Verhinderung einer Erhöhung des Lohnniveaus" (Sopade 1939: 31-65). Eine eingehendere Betrachtung der Problematik würde den Rahmen der Arbeit überschreiten, so dass wir hier nur generell vorgehen können.

Eine Tabelle (Winkler: 27), die uns die Entwicklung der Löhne von 1930 bis 1938 vor Augen führt, zeigt klar, dass die Löhne fielen und dann stagnierten. Das hat sich auch nicht wesentlich mehr verändert - abgesehen von vereinzelten Fällen von verbesserten Akkordlöhnen oder Zuschlägen in bestimmten wichtigen Industriezweigen. Man versuchte auf andere Weise die Arbeiter zufrieden zustellen - nicht kostenwirksam, wie man heute sagen würde. "Die Gewährung anderweitiger Vergünstigungen - man spricht offiziell von "Sozialleistungen" - erstreckt sich vor allem auf die Bestrebungen nach "Schönheit der Arbeit" (...) " "Hierher gehören ferner alle Vergünstigungen, die den Arbeitern durch längeren Urlaub, längere Kündigungsfristen, Gewährung von Krankengeld usw. gewährt werden. Alle diese Vergünstigungen sollen einen Ersatz für Lohnerhöhungen darstellen, und dem seit dem Ende der Krise noch immer weit verbreiteten Bedürfnis der Arbeiter nach erhöhter Sicherheit des Arbeitsplatzes entgegenkommen" (Sopade 1939: 34-5). Die Reichstreuhänder waren dafür verantwortlich, dass die Entwicklung der Löhne weder die Wehrhaftmachung Deutschlands noch den Vierjahresplan (...) beeinträchtigten (Sopade 1939: 33).

Mit Widerständen gegen betriebliche oder staatliche Lohnfestsetzungen war nicht zu rechnen, "denn viele Leute lagen jahrelang auf dem Pflaster und wagen deshalb nicht zu reklamieren aus Furcht vor Arbeitslosigkeit, die heute viel schlimmere Folgen hat als früher. Die DAF wird nicht als Vertretung der Arbeiterschaft in Anspruch genommen, da sie kein Vertrauen genießt" (Sopade 1939:

45). Winkler (27) fand heraus, dass das Regime Löhne und Gehälter nur wenig über den Tiefstand der Krisenjahre steigen ließ, obwohl sich die deutsche Wirtschaft nach der Weltwirtschaftskrise recht rasch erholt hatte. Dieser Lohnstopp, wenn auch ein indirekter, wurde mit nationalen Notwendigkeiten begründet bis er im September 1939 offiziell eingeführt wurde.[100] Eine statistische Aufschlüsselung der Einkommenszuwächse in den Jahren 1933 bis 1938 ergab, dass 43% auf die Einkommen aus Vermögen und Unternehmungen entfielen. Löhne und Gehälter, Renten und Bezüge leitender Angestellter erhielten nur 57% des Zuwachses. Der Anteil der Löhne und Gehälter am Volkseinkommen sank von 62% (1928) auf 57% (1938) trotz der damaligen Vollbeschäftigung (Winkler: 29-31). Da aber nunmehr viele wieder Arbeit hatten und Lohn bekamen, verwischte sich diese negative Lohnbilanz natürlich. Es hatten viele wieder mehr als vorher. Im Großen und Ganzen kam die deutsche Durchschnittsfamilie aus. Für die Durchschnittsfamilie gab es im täglichen Lebensablauf im "Dritten Reich" aber auch andere Schwierigkeiten, die das Problem der nicht steigenden Löhne - bei relativ stabilen Preisen - an die Seite drängte. Schwerwiegender waren oftmals Beschaffungsprobleme für Dinge des täglichen Lebens.[101] Das waren die bekannten „Lücken“ wie z.B. die Fettlücke und Eiweißlücke.

Zusammenfassung

In den vorausgegangenen Kapiteln wurden die wesentlichen nationalsozialistischen Sozialinstitutionen und -leistungen vorgestellt und kurz diskutiert. Diese Zusammenfassung soll der abschließenden Diskussion der Sozialleistungen des "Dritten Reichs" dienen. Sie soll zu eigenen Gedanken anregen und eigene Schlussfolgerungen ermöglichen. Der Titel der Arbeit ist: "Wie sozial waren die Nationalsozialisten?" Betrachten wir uns einmal, wie die Nationalsozialisten und die Kritiker das soziale Engagement - abgesehen von der Propaganda - sahen. Eine Grundidee gab das Parteiprogramm, das noch behandelt werden wird. Davidson (162) zur "sozialen Ideologie" der Nationalsozialisten: "Die wahren

Revolutionäre gehörten also ins Lager der Nationalsozialisten, die sowohl für den Nationalismus als für den Sozialismus kämpften. Den Nationalen rechts mangele der soziale Gedanke, den Sozialisten der nationale. Was Deutschland und die Welt brauchten, sei nicht die Klassentrennung, sondern der klassenlose nationale Sozialismus". Diese "Klassenlosigkeit" wurde vielfach propagiert, aber das "Dritte Reich" war weit davon entfernt ein klassenloses Reich zu sein, auch wenn sich alte Grenzen nachhaltig verschoben. Lucas (35) stellt fest: "Hitler's manifesto was a nationalist and socialist and it attracted supporters who believed in either, or both of those tenets." Fest (392) beurteilt das Soziale im Nationalsozialismus so: "Sichtlich sind im Sozialismus-Begriff Hitlers weder ein humanitärer Antrieb, noch das Bedürfnis nach einem Neuentwurf der Gesellschaft spürbar." Schoenbaum beantwortet die Frage nach dem Sozialgehalt der nationalsozialistischen Ideologie so: "Es stand immer außer Zweifel, dass der Nationalsozialismus eine sozial-revolutionäre Bewegung sei, gleichwohl vermochte er nie eine brauchbare sozialrevolutionäre Ideologie zu finden". Das trifft auch dann noch zu, "selbst wenn die Nationalsozialisten von sich selbst behaupten, dass sie kein Almosenverein seien, sondern eine revolutionäre Sozialistenpartei" (Schoenbaum: 57). Es scheint allmählich den Massen klar zu werden, dass ein echter Sozialismus nicht gewollt ist, wie man dem Sopade-Bericht von 1934 (102) entnehmen kann: "Auch dort, in den Arbeitsdienstlagern und der SA erkennt man allmählich, dass Hitler keinen Sozialismus will." "Dieser Sozialismus hatte nicht dem Wohl der Menschen zu dienen, sondern der Macht von Nation und Rasse" (Winkler: 36). Lucas (37) hingegen sieht: "many socialist politics which the Nazis were able to initiate and to complete". Hitler selber gab das Fehlen echter, zielgerichteter Programme zu, und verließ sich auf hektischen Aktionismus, weil er nur eine "Masse führen konnte, die fanatisierbar und somit lenkbar war" (Fest: 576). Ziele, sofern welche gesteckt waren, "wurden weder widerrufen noch ernsthaft verfolgt, man schob sie einfach vor sich hin" (Schoenbaum: 339). Schoenbaum (98) kommt zu dem Schluss, dass das "soziale Vorbild seinen vollkommensten propagandistischen Ausdruck" in der

Wehrmacht, dem RAD und der Hitlerjugend fand. H.A. Winkler (98) konstatiert ebenfalls: (...) "der Sozialismus, den die Partei in ihrem Namen führte, hatte sehr viel weniger Gewicht als der Nationalismus.". "Die Sozialpolitik wurde mit ihren gesamten Einrichtungen der Staatspolitik unterstellt und für deren Ziele eingesetzt" (Zentner 548).
Ferner stellt Zentner fest, dass wenn man abschließend die Kernpunkte der nationalsozialistischen Sozialpolitik betrachtet, man feststellen muss, dass es für den Einzelnen nur bedingt Verbesserungen gegeben hat. In jeder Phase standen die staatspolitischen Belange (rüstungspolitische und expansionistische Ziele) im Vordergrund (Zentner: 551)

Hitler hatte zu Anfang noch geglaubt, dass er die Arbeiter für seine "Bewegung" gewinnen konnte. Das war nicht in dem erhofften Maß eingetreten. "So wurde der "Sozialismus" der Partei umgedeutet: Nicht Enteignung, sondern Wohlstand für alle" war die Parole. "Es gab jedoch auch Gruppen, die den "Sozialismus" im Namen und Programm der NSDAP ernst nahmen - nicht zuletzt die nationalsozialistischen Arbeiter und Angestellten". Weiterhin, so kann man der einschlägigen Literatur entnehmen (z. B. Fest), sind Krisen mit "alten Kämpfern" wohl auch auf die nicht weit genug reichenden sozialen Veränderungen zurückzuführen. Insbesondere sei hier die "Affäre Röhm" und das "Beutemachen" genannt. Die Homosexualität Röhms war, erwiesenermaßen ein Vorwand, den Wegbegleiter Hitlers aus der Kampfzeit loszuwerden, da er mit der SA ein zu großes Gefahrenpotential bedeutete, denn Röhm war die Revolution nicht weit genug gegangen. So stellte er immer einen Unruheherd und Unsicherheitsfaktor mit der SA dar. (Vergleiche Fest hierzu.) Der innerparteiliche Widerstand gegen die Autobahn ist, wie erwähnt, auf die Anhänger des "sozialen Teils" in der Nationalsozialistischen Arbeiter Partei, den "linken Flügel" zurückzuführen. Das "unabänderliche Parteiprogramm" von 1920 erfuhr etliche Abänderungen. Nicht immer expressis verbis. Man unterließ deren Durchführung einfach. Einige wesentliche Punkte wurden nie in die Realität umgesetzt, weil es entweder nicht opportun oder gar schädlich erschien. Insbesondere wurden die Punkte 11-17 (ausgenommen Punkt 15) niemals ganz oder teilweise verwirklicht. Bei seiner Rede vor dem Industrieklub in Düsseldorf (Davidson: 462) verzichtete Hitler schon auf die Angriffe auf die Zinsknechtschaft und den Anleihekapitalismus, auf Vergemeinschaftung der Warenhäuser, Abschaffung "unverdienter" Einkommen und die Hinrichtung von Kriegsgewinnlern. Stattdessen bot er den Industrielenkern allerlei Verführerisches zu ihren Gunsten. Hitler, so Davidson (325) waren die Folgen solchen Tuns gleichgültig. Entweder er gewann die Leute oder er verlor sie - vornehmlich Weggefährten der "Bewegung". Nach Fest (593) waren auch immer "plausible Erklärungen" zur Hand. Statt die Großunternehmen zu enteignen, setzte er auf bedingungslose Zusammenarbeit aller auf allen Ebenen mit dem Staat. Irgendwann würde, nach dem Führerprinzip, die Zuständigkeit ohnehin bei ihm enden. Das bedeutete dann nichts anderes "als die Aufhebung allen privatwirtschaftlichen Rechts unter der Fiktion des Fortbestandes". So waren keine Kehrtwendungen erforderlich, wenn man etwas anderes wollte, als es einmal "unabänderlich" festgelegt worden war. Hitler hatte nicht vor, so Fest, die bestehende Schicht umzubringen, sondern sich ihrer zu bedienen (593). Dies stellt auch Bullock (363) klar heraus: "There was nothing socialist about Hitler's economics (...) Nazi collectivism was political, not economic, and left individuals as economic agents. The repeated declarations of the Nazi intention to socialise people rather than factories meant that far-reaching programmes of state control over the economy were unnecessary."

Dass diese Überlegungen aufgingen, bestätigt die Aussage eines Krupp-Managers beim Nürnberger Prozess: "Wir Kruppianer . . . wollten nur ein System, das gut funktionierte und das uns die Gelegenheit gab, ungestört zu arbeiten. Politik ist nicht unsere Sache" (Winkler: 26). Die Großwarenhäuser wurden nie aufgelöst, obschon Kleinladenbesitzer die Kaufhäuser inspizierten und sich geistig bereits darin einrichteten.[102] Die jüdischen Kaufhäuser wurden "arisiert", und die den Volksgenossen gehörenden Kaufhäuser wurden nie angetastet. Ebenso ging es mit der Landreform. Sie wurde nie überzeugend durchgeführt. Die Sopade-Berichte von 1935 (256-71) berichten über nationalsozialistische Aktivitäten in der Landwirtschaft: "Die nationalsozialistische Agrargesetzgebung ist außerordentlich und vielseitig (...) in den ersten zwei Jahren nationalsozialistischer Herrschaft auf dem Gebiet der Landwirtschaft erlassenen über 250 Gesetze". Aber es steht dort auch: "Und nicht zuletzt ist es den ostelbischen Großgrundbesitzern gelungen, die Unantastbarkeit ihres Besitzes zu behaupten".[103] Punkt 17 des Parteiprogramms wollte gerade das geändert wissen. Das "Erbhofgesetz" wurde ausführlich behandelt, so dass hier nur festgestellt werden muss, dass es neben positiven Auswirkungen auch negative Einflüsse auf die Landwirtschaft hatte. Alles in allem, so konstatiert Schoenbaum (196-97), gehörte die Landwirtschaft "zu den verhältnismäßig wenigen sozialen Bereichen, in denen die Nationalsozialisten eine einigermaßen konsequente Haltung zeigten, wenn sie auch kein Programm hatten.

Die Bauern wurden hofiert, denn "die gute Laune der Bauern war den Deutschen (Nationalsozialisten, K.O.A.) wichtig". Es muss aber noch hinzugefügt werden, dass große Teile der Landwirtschaftspläne bereits aus der Weimarer Republik stammten (Sopade 1935: 254). Das "Blut und Boden" Szenarium war hohl und wie es sich herausstellte, wohl ohne jede tiefer gehende Wirkung auf das deutsche Volk.

Die mit viel Propaganda inszenierte "Arbeitsschlacht" hat im Großen und Ganzen ihren Zweck erfüllt: die Reduzierung der Massenarbeitslosigkeit. Wie wir wissen, kann man die Beseitigung der Arbeitslosigkeit aber nicht allein der Arbeitsschlacht zuschreiben. Sie hat ohne Zweifel ihren nicht unerheblichen Anteil daran gehabt. Mit welchen Tätigkeiten die Arbeitslosen befasst wurden, haben wir im entsprechenden Kapitel behandelt. "Dies alles aber", so die Sopade-Berichte von 1934 (582-83), "geschah ohne Beachtung aller wirtschaftspolitischen Erfahrungen und wirtschaftlicher Zusammenhänge". Es geschah nach dem Motto: "Besser teure Arbeit als gar keine". Angesichts der dennoch erreichten Ziele eine heute fruchtlose Diskussion.

Abschließend zum Thema Arbeitsschlacht muss aber noch erwähnt werden, dass es nicht die Nationalsozialisten allein waren, die

Arbeitsprogramme ins Leben riefen. Fast alle europäischen Staaten hatten in den entsprechenden Jahren mehr oder minder große Arbeitsbeschaffungspläne. In Deutschland wurde bereits 1926/27 ein Kriseneinbruch von geringerer Heftigkeit - als 1932- durch solche Maßnahmen abgewehrt.
Die Regierungen Brüning und von Papen hatten Arbeitsprogramme aufgestellt, "deren Früchte zum großen Teil von den Nationalsozialisten bloß geerntet zu werden brauchen" (Sopade 1934: 582). Unbestritten ist, dass die Aufrüstung und Wehrpflicht die eigentlichen Arbeitsbeschaffer waren. Eine ebenfalls sich erholende Weltwirtschaft war das weitere Antriebsmoment. Zu dieser Überzeugung gelangen alle Quellen, die sich mit der Arbeitslosigkeit befassen.

Als flankierende Maßnahme zur Hebung, Stärkung und Erhaltung der Arbeitsmoral, wurde eine "Ethik der Arbeit" geschaffen. "Eine Arbeitsideologie, wie Schoenbaum es nennt (110-12), die (...) an den Stolz, die Vaterlandsliebe, den Idealismus (…) appellierte". Diese "Ethik der Arbeit" wurde u.a. mit Hilfe von kooperationsbereiten Literaturschaffenden gestaltet. (vergleiche Sopade 1935: 226-27) Lucas (35-7) sieht das auch so: "The dignity of labour" was a vital tenet of Nazi philosophy (...)" Schoenbaum (147) beurteilt abschließend "das Ergebnis der staatlichen Sozialpolitik während dieser sechs Friedensjahre als sehr geringfügig". Im Hinblick auf das Arbeitsbuch war sie sogar rückschrittlich, denn etwas Negatives wurde wieder eingeführt.

Die Reichsautobahn, ein gigantisches Plagiat, wurde ausführlich behandelt und kann hier unberücksichtigt bleiben. Es sei nur kurz angemerkt, dass 1937 immerhin 825.000 Menschen an ihr arbeiteten - etwa ein Siebentel der Arbeitslosen (Wucher: 10).

Der Volkswagen (KdF-Wagen), eine echte Entwicklung der Nationalsozialisten, kam erst im Nachkriegsdeutschland zur Verwirklichung. Die Idee, preiswerte Autos für breite Schichten zu produzieren, setzte sich dann fort: Frankreich - die "Ente", Italien - "Fiat Topolino", Großbritannien -"Mini-Morris" und die Niederlande - den kleinen "DAF".

Die Vollversorgung aller Haushalte mit preiswerten Fernseh- und Rundfunkgeräten ist an sich keine negative Idee, wenn nicht die propagandistische Beeinflussung im Hintergrund als Hauptphilosophie gestanden hätte. Auch sind "Radiospenden" positiv zu bewerten, wenn sie freiwillig und ohne politischen Hintergrund geschehen. Dass das Radio auch heute noch für behinderte Menschen eine Bereicherung des Lebens darstellt, beweist die Aktion "Wireless for the Blind" des BFBS[104] die zu Spenden für Radiokäufe für blinde Mitbürger wirbt. Großbritannien steht ja nun außer jedem Verdacht, seine Bürger negativ per Radio beeinflussen zu wollen.

Die Institution Hitlerjugend, wenn sie nicht das geworden wäre, was sie wurde, nämlich ein Instrument des Missbrauchs der deutschen Jugend, wäre als Idee nicht negativ zu beurteilen.

Gab es doch schon immer, und wird es auch weiterhin Jugendbewegungen geben - auch in Uniform (z.B. Pfadfinder). Nur bitte keine "Staatsjugend" wieder. Bestehende Jugend-Organisationen wurden von den Nationalsozialisten übernommen und gleichgeschaltet. "Die NSDAP brauchte 1933 nur zuzugreifen, um daraus Vorschulen der Militarisierung des Volkes zu machen" (Richter: 377). Baldur von Schirach, zeitweiliger Reichsjugendführer, gab in seinem Schlusswort vor dem Nürnberger Kriegsverbrechertribunal zu, dass die Jugend missbraucht wurde. Dieser Missbrauch der Gläubigkeit und des Idealismus wurde auch militärisch ausgenutzt. Gehörte doch die "Hitlerjugend-Division" der Waffen-SS zu den fanatischsten Verteidigern an der Invasionsfront 1944, was alliierte Offiziere bestätigten. Im Endkampf um Berlin wurden ebenfalls noch unzählige Hitlerjungen in den Tod getrieben, denn sie sollten letzte Fluchtwege für die Nazi-Spitzen nach Westen freihalten und das gegen die erdrückend Übermacht der Roten Armee. Arthur Axmann, der letzte Reichsjugendführer, ist vor dem Kriegsgericht viel zu billig davon gekommen. Von Rundstedt, ein militärischer Führer, gestand ein - leider zu spät - "dass es ein Jammer sei, diese gläubige Jugend in aussichtloser Lage zu opfern" (Holmsten: 44)[105] Vergleichsweise Aussagen lassen sich auch über den BDM machen, wenn auch hier keine direkten Kriegseinsätze erfolgten.[106]

Die Fortsetzung der Hitlerjugend war der RAD und FAD - im Prinzip auch übernommene Einrichtungen. Für beide gilt das gleiche, wie für die H.J. - sie wurden letztendlich missbraucht. Der Reichsarbeitsdienst und Frauenarbeitsdienst galten als Mittel zur Überwindung der Klassenschranken, "denn alle tragen den gleichen Rock, essen die gleiche Kost und tun den gleichen Ehrendienst für das ihnen alle gemeinsame Vaterland" (Schoenbaum: 98). Auch sollte niemand, der nicht im RAD gedient hatte, zu Macht und Einfluss gelangen (Lucas: 35-6). Eine Zusage, die wie so viele andere, nicht gehalten wurde.

Die Deutsche Arbeitsfront - DAF "ersetzte" alle freien Gewerkschaften. Sie erfasste auch Handwerk und Einzelhandel. Die so genannte berufsständische Gliederung des Volkes war nur ein Vorwand, um alle Berufsgruppen zu beherrschen und gleichzuschalten. Auch in der gewerblichen Wirtschaft herrschte die Diktatur" (Richter: 438). Die DAF selber sah sich als "eher politische Organisation - keine sozialpolitische" (Sopade 1934: 450). Somit war klar, dass die Arbeiter in der DAF keine Hilfe zur Durchsetzung sozialer Forderungen erhalten konnten. Haffner stellt fest: "Der Klassenkampf war aufgelöst in dem gigantischen Staatsgefängnis" (in Schoenbaum: 122). Eine Vielzahl anderer Berufsverbände und -vereinigungen erfasste auch die Freiberufler wie z. B. Ärzte - Reichsärztebund, Schriftsteller - Reichsverband der deutschen Schriftsteller und andere mehr. Keiner war mehr frei.

Als Schlusswort zu "Organisation KdF" passen die im Sopade-Band von 1934 (149-50) gefundenen Zeilen: "Die alte Herrschaftsregel "panem et circenses" hat in den modernen Diktaturen eine überaus wirksame Anwendung gefunden. Das "Dritte Reich" hat auch hier nichts Neues geschaffen, aber es stellt in der Technik der Durchführung zweifellos eine Spitzenleistung auf diesem Gebiet dar."

"Für das "Brot" sorgen im "Dritten Reich" die Rüstung, für die "Spiele" sorgt "Kraft durch Freude". Als negativ wird ferner bemängelt, dass die Aktivitäten der Organisation KdF dem Volk dargeboten wurden und nicht der Initiative der Bürger und "einer lebendigen Buntheit des freien Vereinslebens" entsprangen. Es war eine "staatlich geförderte Monopolorganisation, die den

Totalitätsanspruch der Diktatur auf den ganzen Menschen" umsetzte. Dennoch, so Winkler (35) "erfüllten diese Fahrten als eine moderne Sozialtouristik im großen Stil zweifellos ein Bedürfnis". Lanz (110) bezeichnet die Organisation KdF als " jene mehr oder minder verrufene Gesellschaft, die versuchte, dem Freizeitvergnügen der Deutschen im Dritten Reich einen den Bonzen genehmen Rahmen zu geben."

Die Nationalsozialistische Volksfürsorge - NSV, so viel echte Hilfe sie in zahllosen Fällen - besonders in den Kriegsjahren - auch geleistet hat, was unbestritten ist, war ebenfalls keine eigene nationalsozialistische Errungenschaft. Sie baute auf der Aushöhlung der freien und staatlichen Wohlfahrtspflege auf und schlachtete ihre "Ersatzleistungen" propagandistisch aus. Die Aufgaben wurden Kommunen entrissen und als "Reichssache" wieder dem Volk dargeboten (Sopade 1934: 513-14). Es war nicht etwa eine Zusatzleistung, sondern nur eine teilweise Wiedergutmachung (Sopade 1935: 166). Nach Winkler (37) haben sich viele durch derartige Sozialmassnahmen täuschen lassen, auf ein eigenes Urteil verzichtet und das Regime nicht in seiner Gesamtheit sehen wollen. Schoenbaum (146) spricht der Sozialpolitik des "Dritten Reichs" die Modernität ab und stellt fest, dass sie "nach Zweckmäßigkeitspunkten gehandhabt wurde". Lucas (35) bescheinigt aber, dass Großbritannien in diesen Dingen weit hinter dem "Dritten Reich" zurücklag.
Einrichtungen wie "Musterbetrieb", "Musterdorf", "Schönheit der Arbeit" können wir als Kosmetik betrachten. Sie wurden meist auf Kosten der Arbeitnehmer oder Unternehmer eingeführt. Sie haben nicht geschadet, sondern oftmals vielleicht zu mehr Solidarität unter den Belegschaften der Betriebe oder den Einwohnern der Dörfer geführt. "Arbeitsdank" hat die Bevölkerung zur Solidarität mit "ihren" Arbeitsmännern aufgerufen, die sich, in Großbauvorhaben, um die "Volksgemeinschaft" verdient gemacht hatten. Das alles mit dem, den Nationalsozialisten so gelungenen, Propagandaaufwand verkündet, ließ die Aktionen gleichsam überwältigend erscheinen. Dennoch, der Nutzen hielt sich in bescheidenen Grenzen.

Nehmen wir die Wohnungsbaupolitik als einen Gradmesser der Sozialpolitik einer Regierung, dann fand Winkler (30) heraus, "das Bauvolumen unter Hitler erreichte nie wieder die Höhe von Weimar". Das betraf besonders die kleinen Einkommen. Eine Erscheinung, die Hachlmann in seinen Untersuchungen über die Industriearbeit im "Dritten Reich" bestätigt. Bergschicker (siehe dort) kam zu dem gleichen Ergebnis.

Zum ganzen Spenden- und Sammelunwesen zwei Bemerkungen: "Freiwillige Spenden, wie sie das "Dritte Reich" eingeführt hat, sind die primitivsten und unsozialsten Formen der Besteuerung" (Sopade: 1935: 534). Es muss aber dennoch angemerkt werden, dass echte Freiwilligkeit im "Dritten Reich" nicht nur eine Wunschvorstellung geblieben war. Viele geben es nur nicht mehr gern zu.

Die Lohnpolitik der Nationalsozialisten war eher regressiv oder zumindest statisch und nicht progressiv. Da es keine Gewerkschaften mehr gab und die "Atomisierung der Arbeiterschaft und die Zerstörung jeden Solidaritätsgefühls" auch keine Gemeinschaftsaktionen erlaubte, nahm die Arbeiterschaft es hin (Engehausen). An dem Wohlstand, der durch die Wiederaufrüstung aufkam, hatten die Arbeiter auch nicht den entscheidenden Anteil, der ihnen zugestanden hätte.

Eine Erklärung für die passive Haltung der Arbeiter gibt Fest (598): "Entscheidend war das Gefühl wiederhergestellter Sicherheit nach traumatischen Jahren der Angst und Depression. Viele Arbeiter erkannten den Unterschied zur Vergangenheit weniger in verlorenen Rechten als in wieder gefundener Arbeit". So konnte denn alles seinen Lauf nehmen, den es genommen hat. Vieles, was die Nationalsozialisten ihrem Volk brachten, erwies sich - oftmals erst in der bitteren Rückschau - als Danaergeschenk, als Trojanisches Pferd.

"Das Schlechte kam in der Maske des Guten"[107]

Anmerkungen

[1] Der Zweite Weltkrieg forderte an Menschenleben allein 55 Millionen Tote, unzählige Verstümmelte und bis in unsere Tage dauerndes menschliches Leid.
Der 1. September 1989 war der 50. Jahrestag des deutschen Überfalls auf Polen.

[2] Am 1. Juni 1933 waren 254 ausländische Zeitungen und Zeitschriften aus 20 Ländern (in Deutschland) verboten. (Struss: 79-80). "Mit 4705 Tageszeitungen war Deutschland im Jahre 1932 das zeitungsreichste Land der Welt, wenngleich auch achtzig Prozent davon auf Kleinstblätter mit einer Auflage von unter achttausend Exemplaren entfielen. Diese Zahl war 1943 bereits auf 988 Zeitungen gesunken, und im Januar 1945 existierten nur mehr 850 gleichgeschaltete Blätter. 1932 vertraten immerhin 2243 Zeitungen eine bestimmte politische Richtung, darunter 976 das Programm einer der im Reichstag vertretenen Parteien. Daneben existierte noch die überparteiliche Generalanzeigerpresse" (Söllner in Glaser: 270). Goebbels' Vorstellung von der Pressearbeit drückte er so aus: ">>monoform im Willen - polyform in der Ausgestaltung des Willens<< (Fest: 581). Er hat auch die Presse als ein Instrument bezeichnet, auf dem man fein spielen kann, und dass sie ein Massenbeeinflussungsmittel wird (am 18.3.1933)."

[3] Die finanzielle Reparation wurde 1920 auf 132 Milliarden Goldmark fixiert. (Lorant: 92)

[4] Verbreitete These, nach der die sozialistische Linke bzw. die Sozialdemokratie durch revolutionäre Tätigkeit dem "im Felde unbesiegten" Heer in den Rücken gefallen sei und die Niederlage herbeigeführt wurde. (Brockhaus: 1: 616)

[5] Mit "Novemberverbrecher" wurde die republikanische Regierung bezeichnet, da sie angeblich für die Kapitulation und Folgen verantwortlich war. Dass auf den Rat der, in Panik geratenen, Militärs hin kapituliert wurde, verschwieg die Agitation.

[6] Das brachte ihnen die wenig ehrenvolle Bezeichnung "Erfüllungspolitiker" ein, die von der Agitation reichlich ausgeschlachtet wurde (Shirer 1: 47-8, 90).
[7] Am 26. bis 30. August 1914 wurden die Russen bei Tannenberg entscheidend von Hindenburg und Ludendorff geschlagen.
[8] Die NSDAP wäre durchaus aufzuhalten gewesen. Siehe hierzu auch Kempner, "Der verpasste Nazi-Stopp".
[9] Vergleiche hierzu auch Fest, Picker und Shirer.
"Er reiste im Flugzeug". "Hitler über Deutschland" und verstärkte so den Eindruck der Omnipräsenz" (Fest, "Hitler, eine Karriere", dt. TV-Film). Am 24. Oktober 1935 bekennt Hitler in Coburg, dass ohne Kfz, Flugzeug und Lautsprecher die NSDAP Deutschland nicht erobert hätte. Er lobt besonders das NSKK für den Einsatz (Overesch 1: 239).
[10] Die Verhandlungserfolge der "Erfüllungspolitiker" der Weimarer Rcpublik warcn, wic man sicht, bcträchtlich. Dcnnoch war das "Diktat von Versailles" ein Hauptagitationsargument der NSDAP-Kampagnen.
[11] Siehe hierzu Abbildung (nicht vorhanden).
[12] Siehe hierzu Kapitel "Blut und Boden" und „Erbhofgesetz“.
[13] Vergleiche auch Winkler: 21.
[14] Seit 1900 hatte sich die Geburtenzahlen halbiert (Struss: 84) Der zeitweise Geburtenüberschuss wurde erst von den Nationalsozialisten durch verschiedene Sozialmaßnahmen geschaffen. Siehe entsprechende Kapitel.
[15] Schaffung einer "Arbeitsethik", vergleiche Fest und Schoenbaum zu diesem Begriff.
[16] Hitler sprach von "der Ehre ein Straßenfeger dieses Reiches zu sein" - vergleiche Fest (590).
[17] "Winkelbanken und Geldverleiher forderten 20% Zinsen und mehr" (Ruthe: 8).
[18] Die Parteiprogrammpunkte 12 bis 17 erscheinen in einer Veröffentlichung im Jahre 1937 bereits nicht mehr (!). Eine Durchführung dieser Punkte hätte wahrscheinlich die Großindustrie verstimmt.

[19] "Arische" Großkaufhäuser wurden niemals aufgelöst. Jüdische Kaufhäuser wurden "arisiert" und blieben Großkaufhäuser.
[20] Am weitesten war die Landwirtschaftsreform gediehen, auch wenn keine echte Bodenreform stattgefunden hatte. Vergleiche auch Schoenbaum zu diesem Sachverhalt.
[21] Unmittelbar nach der Machtergreifung griffen die Nationalsozialisten die Weimarer Republik unter anderem auch deshalb an, weil sie "die Frauen zu Intelligenzlertum, Emanzipation und internationaler Solidarität angeregt hätte" (Seidler: 43).
[22] Wie nach "erfolgreich bestandenen Schlachten" wurde auch für die, mindestens 4-fache, Mutterschaft ein "Ehrenkreuz" (kurz: Mutterkreuz genannt) vom "Führer" gestiftet.
[23] Es ging sogar so weit, dass die Kreisleitung der NSDAP in Breslau geschminkte Frauen nicht zu den Parteiversammlungen zulassen wollte (Struss: 85). Es sollte jedoch angemerkt werden, dass Rauchen und Trinken schädlich sind - nicht nur für Frauen. Der Zwang und die Beschränkung auf die Frauen sind es, was diese positive Grundidee so negativ erscheinen lässt.
[24] Röhms "Toleranz" kam nicht von ungefähr. Sagte man dem SA-Chef Röhm homosexuelle Neigungen nach. Eine "Verfehlung", die gerade in der nationalsozialistischen Männergesellschaft, der SA, SS, RAD und dem Heer streng geahndet wurde. Homosexuelle wurden in KZs eingeliefert. Die Homosexuellen bekamen rosa Dreieckswinkel auf die KZ-Kleidung aufgenäht (Kogon: 50).
[25] Vergleiche auch Seidler: 203 und 291.
[26] Gemeint sind das "Haager Abkommen" und die "Genfer Konvention".
Vergleiche hierzu auch Seidler und Lucas, a. a. O.
[27] "Lottas" vom finnischen *Lotta Svärd* - freiwillige militärische Frauen- und Mädchenorganisation zur Entlastung der kämpfenden Truppe (Seidler: 29).
[28] Eine Tatsache, die aus praktischen Gründen immer heruntergespielt wurde, um "männliche Domänen" zu erhalten.
[29] Vergleiche Lucas: 62
[30] Siehe auch Kapitel "Die Wirtschaftslage 1933".

[31] Das Horst-Wessel-Lied war sozusagen die zweite Nationalhymne in der Zeit des "Dritten Reiches". Horst Wessel war ein zum Märtyrer hochstilisierter SA-Mann, der bei einer Wirtshausrangelei ums Leben kam und nicht, wie behauptet, beim Kampf für die Bewegung. (Vergleiche auch Shirer 1: 169)
[32] Zum Beispiel die nicht erfüllten Punkte seines "unabänderlichen" Parteiprogramms.
[33] Vergleiche Sopade-Band 1934: 83
[34] Hjalmar Schacht, Finanzgenie der Nationalsozialisten hat die Unternehmungen Hitlers mit den so genannten "Mefo-Wechseln" finanziert, ohne die Inflation merkbar zu beschleunigen (O.M.G.U.S. 137-45). Schacht wurde bei den Nürnberger Prozessen frei gesprochen, was in der deutschen Öffentlichkeit auf wenig Verständnis stieß. (Vergleiche Heydecker 2: 484)
[35] "Organisation Kraft durch Freude"(KdF); siehe eigenes Kapitel.
[36] Der legendäre "Kübelwagen", der auf allen Kriegsschauplätzen seine technische Qualität bewies. Leider dort, wie man hinzufügen möchte.
[37] Aussagen von ehemaligen Volkswagensparern. Colin Burnham (13) berichtet, dass Käufer eines Nachkriegs VW DM 600 angerechnet bekamen. Alle anderen wurden mit DM 100 abgefunden - nach 12jähriger Gerichtsverhandlung.
[38] "Reichsminister für Volksaufklärung und Propaganda" lautete der volle Titel.
[39] Aussagen von Zeitzeugen.
[40] Albert Speer, Reichsminister für Bewaffnung und Munition. Auch als Hitlers bevorzugter Architekt bekannt geworden.
[41] Vergleiche zur gesamten Thematik Ruthe a. a. O.
[42] Julius Streicher, Gauleiter von Franken bis 1940 und Herausgeber der antisemitischen Zeitschrift "Der Stürmer". In Nürnberg hingerichtet (Heydecker: 557-58).
[43] Baldur von Schirach bat in seinem Schlusswort in Nürnberg darum, der deutschen Jugend "eine Atmosphäre, die frei ist von Hass und Rache" zu schaffen. Ferner bestätigte er, dass die Jugend an den "Auswüchsen und Entartungen des Hitler-Regimes vollständig

unschuldig ist." Er gab zu, die Jugend verführt zu haben. In Nürnberg wurde er zu zwanzig Jahren Gefängnis verurteilt (Heydecker: 462, 558); und Fernsehdokumentation im deutschen Fernsehen über die Nürnberger Prozesse (nicht mehr genau ermittelbar).

[44] Was beweist, dass man einen sichtbaren Gegner besser bekämpfen kann. Verbote unliebsamer oder gefährlicher Organisationen lösen das Problem nicht. Dieses Beispiel ist nur eines in einer ganzen Reihe ähnlicher Fälle.

[45] Einer allgemeinen Körperertüchtigung bei Jugendlichen kann man eigentlich nur zustimmen. Gefährlich werden solche Bestrebungen aber immer dann, wenn sie der "Wehrertüchtigung" dienen sollen. Hitler selber wollte eine "zukünftige deutsche Jugend, die schnell wie die Windhunde, zäh wie Leder und hart wie Krupp-Stahl sei." Forderungen, die für ein Zivilleben übertrieben sind. Vorstehende Forderung äußerte Hitler auf einer öffentlichen Massenveranstaltung vor angetretenen jungen Menschen.

[46] Grundsätzlich kann man alle Aktivitäten militärisch nutzen (Zeltlager-Lagerleben, Wanderungen, Orientierungsläufe, Schulung am Kompass und Karte), aber die acht zuletzt genannten Aktivitäten sind eindeutig militärischer Art. Dass sie auch der Vorbereitung auf den Militärdienst dienten, kann man unter anderem bei Shirer: 1: 314, Mrazek: 15-6 und Merglen: 21 nachlesen. Es ist auch bekannt, dass auf diese Weise Bestimmungen aus dem Versailler Vertrag frühzeitig unterlaufen wurden.

[47] "Erzogen" durch die Straße, Freunde, überzeugte Lehrer und anderweitige Propaganda, um nur einige Möglichkeiten zu nennen.

[48] Berichte von Zeitzeugen und zahllose Literaturhinweise.

[49] Pfadfinder (weltweit), Sea Scouts, Cadet Corps und Officers Training Corps (OTC) - Großbritannien.

[50] Vergleiche Ruthe, a. a. O.

[51] Ab dem 26. Juni 1935 war der RAD Pflicht.

[52] Er war ein Hilfsmittel der Weimarer Republik (Schoenbaum: 114).

[53] 1931 gab es eine halbe Million arbeitsloser Jugendlicher, darunter 180.000 unter 18 Jahren
(Richter, a. a. O.).

[54] Reichsarbeiterführer.
[55] In der Kette "totaler" Erfassung, müsste man hinzufügen.
[56] Vergleiche Ruthe, a. a. O.
[57] "Ethik der Arbeit" - vergleiche verschiedene Ausführungen hierzu in verschiedenen Kapiteln: z. B. "die Ehre ein Straßenfeger dieses Reiches zu sein" und vieles mehr. Die Hochstilisierung der Arbeit führte zu Entgleisungen wie dem "Arbeit macht frei" am Eingangstor zum Vernichtungslager Auschwitz, Buchenwald und anderer Lager. Siehe hierzu auch Fest, a. a. O.
[58] "Dem Landjahrgesetz liegt der Gedanke zugrunde, die erbbiologisch gesunden und rassisch und charakterlich wertvollen Kinder, die politisch gefährdet sind, aus den Groß- und Industriestädten in der Landverbundenheit zu wertvollen Gliedern des "Dritten Reiches" heranzubilden" (Ruthe: 66). Dieses Gesetz beinhaltet ausdrücklich, dass man "politisch unzuverlässigen Eltern" die Kinder fortnehmen konnte. Die "politische Gefährdung" ließ sich, im Bedarfsfall, einfach begründen. Widerspruch war ohnehin zwecklos.
[59] Trotz der Kampagne für das Leben auf dem Lande setzte eine Landflucht ein, die aber toleriert wurde, da andererseits Industriekräfte benötigt wurden. Wie Schoenbaum bemerkte, war es ein ideologischer Widerspruch.
[60] "Blut und Boden"- Ideologie - siehe ein eigenes Kapitel hierzu.
[61] Vergleich auch Struss: 53.
[62] Das gesamte Vermögen der freien Gewerkschaften wurde beschlagnahmt und innerhalb der großen Parteiorganisation für andere "wohltätige Zwecke" ausgegeben, die dann als Leistung der Nationalsozialisten propagiert wurden. Siehe auch Schoenbaum: 143
[63] Auch wenn es beträchtliche Summen waren, so werden sie doch überschätzt. Vergleiche hierzu Fest: 427-29 und 543.
[64] Die sechs Unterabteilungen waren: KdF-Theater, KdF-Konzerte, KdF-Sport, "Amt Feierabend", KdF-Reisen und KdF-Wandern. (Sopade 1938: 151)
[65] *Dopolavoro* (ital.) "nach der Arbeit"

[66] Nicht gleichgeschaltete Vereine stellten auch Quellen möglichen Widerstands dar und waren schon aus diesem Grund allein "gleichzuschalten".
[67] In Anspielung auf sexuelle Vorkommnisse auf den KdF-Reisen und Veranstaltungen wurde eine Zeile eines deutschen Volksliedes umgedichtet: "Im Wald und auf der Heide, verlor ich Kraft durch Freude." (überliefert von Zeitzeugen) auch bei Shirer 1: 288.
[68] "Die Preise waren durch rationellen Massenbetrieb und Ausnutzung der Monopolstellung von KdF konkurrenzlos: eine 8-Tage-Reise Berlin-Ostsee kostete komplett 32 RM, eine Italien-Fahrt 155 RM. Der Krieg verhinderte eine Fahrt von 10 KdF-Schiffen zur Olympiade 1940 in Tokio" (Winkler: 35). Vergleiche auch Shirer 1: 298-99.
[69] Ihre erste kriegerische Probe hatten die KdF-Schiffe 1939 bei der Rückführung der "Legion Condor" aus Spanien zu bestehen. Die Kosten dafür wurden aus DAF-Beiträgen aufgebracht (Winkler: 30).
[70] Die "Deutschland Berichte" der SPD erschienen zuerst in Deutschland, später aus dem tschechischen und französischen Exil. 1940 wurden sie eingestellt. In akribischer Sammeltätigkeit und illegal, stellten sie Stimmungsberichte aus dem nationalsozialistischen Deutschland zusammen. Die Originale sind bei der "Friedrich-Ebert-Stiftung" in Bonn-Bad Godesberg aufbewahrt. Sie stellen eine ausgezeichnete Quelle über das Alltagsleben in den Jahren 1934 bis 1940 dar.
[71] Zweifelhaft deshalb, weil Musterbetriebe als Betriebe "mit hundertprozentigen Nazibelegschaften und willfährigen Arbeitern galten" (Sopade 1936: 1173). "Unter der Karlsruher Arbeiterschaft ist man allgemein davon überzeugt, dass dieser Betrieb nur deshalb zum Musterbetrieb erklärt worden ist, weil 80% der Belegschaft Nazis sind" (Sopade 1937: 1284).
[72] Vergleiche hierzu Sopade 1936: 1173
1937: 362, 825, 1242, 1243, 1283, 1284.
1938: 1080
1939: 50
[73] Berichte von Zeitzeugen.
[74] Vergleiche hierzu Sopade 1937: 825

[75] Die Einführung des Arbeitsbuches war die Aufhebung eines sozialpolitischen Erfolges der deutschen Arbeiterschaft, die die Abschaffung des Arbeitsbuches 1869 erkämpft hatte (Sopade 1936: 1048).

[76] "Was Arbeiter und Bauern verband, war das gemeinsame Leitmotiv "Blut und Boden". Es war ein "antistädtischer Affekt" (Schoenbaum 79, 98).

[77] Vergleiche Shirer a. a. O.

[78] Der Bauer hatte praktisch keinerlei Verfügungsgewalt über seinen Hof, außer dem Vergeben an die vorgesehenen Erben (Sopade 1937: 1131-34).

[79] Dieser Schutz der Höfe fand dort seine Grenzen, wo er die Interessen der nationalsozialistischen Führung behinderte. Dann konnte man sich rigoros darüber hinwegsetzen. So z. B. bei der Baulandbeschaffung auf dem Obersalzberg in Berchtesgaden. Hier stand Hitlers berühmt berüchtigter "Berghof": "Die Häuser und Grundstücke wurden anfangs unter der Leitung von Rudolf Hess >>aufgekauft<<, alte Lehen abgerissen und die Besitzer teilweise unter massiver Drohung umgesiedelt. Bergbauernhöfe, die mehr als 300 Jahre im Besitz einer Familie waren, verschwanden, ebenso wie Villen und Fremdenverkehrsbetriebe" (Plenk: 1-3). Teilweise wurden die Eigentümer der Lehen großzügig abgefunden. Manchmal passierte es jedoch, dass man mit Geldstrafen und bis zur Einweisung ins KZ drohte, um die Anwohner vom Obersalzberg zu drängen (Plenk: 1-3).

[80] Die Dunkelziffer dürfte noch größer sein, denn viele Menschen schämten sich, zum "Sozialfall" zu werden.

[81] Ein vorhandener Sozialdienst wird aus der staatlichen Finanzierung herausgenommen und als neue Leistung vorgestellt.

[82] Der "Makel", eine ledige Mutter zu sein, der in der bürgerlichen Gesellschaft der vornationalsozialistischen Zeit den Frauen und Mädchen anhaftete, wurde zielgerichtet in ein positives Frauenbild umgewandelt. Es war keine Schande, dem Führer und Volk ein Kind zu schenken. Vergleiche Ruthe hierzu, a. a. O. Siehe auch "Förderung des Kinderreichtums".

[83] Das WHW wurde im Winter 1931/32 aufgebaut (Richter: 376).

[84] Der Zwang, für das WHW zu spenden, wurde nicht einmal durch die "Adolf-Hitler-Spende der deutschen Wirtschaft" abgelöst. Siehe "Spenden und Sammelwesen".

[85] Die Mutter des Verfassers war echte freiwillige Sammlerin, da sie die Notwendigkeit einer Hilfsorganisation, wie das WHW eine war, einsah. Die versteckten Mängel blieben ihr, wie vielen anderen, natürlich verborgen.

[86] Siehe auch "Frauen im Nationalsozialismus".

[87] Sie hatten eine alptraumartige Vorstellung von einer Besiedlungsdichte von 140 Menschen auf den Quadratkilometer. (Quelle nicht nachvollziehbar) Zum Vergleich: Bundesrepublik heute etwa 241 Menschen/qkm.

[88] Eine Förderung, die auch im Nachkriegsdeutschland bekannt ist.

[89] Es wird angenommen, dass diese Photos zum Aufbau einer Materialsammlung für rassentheoretische Untersuchungen gebraucht wurden (Sopade 1938: 653).

[90] Die seit 1934 bemerkbar werdende Wohnungsknappheit wurde unter anderem auch durch verstärkte Eheschließungen hervorgerufen (Sopade 1935: 851).

[91] Die Sopade schätzt für 1936 2,3 Milliarden Reichsmark (Sopade 1936: 1087).

[92] Schätzungen aller Belastungen ergaben aber jedoch effektiv 15 bis 20% Steuererhöhung (Sopade 1936: 1087).

[93] Sie hatte sich über die Sammlung "beschwert".

[94] Die folgenden sechs Sammlungen wurden z. B. zur gleichen Zeit in Schlesien durchgeführt (Sopade 1934: 141).

[95] Das waren 20 RM im Monat bei Monatslöhnen unter und knapp über 100 RM, die die Masse des Volkes verdiente. Hatte man einmal das VW-Sparen begonnen, so musste man es fortführen. Bei einem Abbruch (aus welchem gewichtigen Grund auch immer) verfielen die geleisteten Beiträge bis auf eine geringe Rückzahlung. Sie waren nicht übertragbar. Auch die Sparkarte, die 1 RM kostete, musste der Sparer noch selber kaufen.

[96] Für den "Marsch auf Nürnberg" zum Reichsparteitag wurde für Marschverpflegung ("Eiserne Rationen") gesammelt.

[97] Nach Berichten von Zeitzeugen.
[98] Die Sopade Berichte werden in der "New York Times" vom 11. April 1934 an mehrfach eingehend gewürdigt.
[99] Bis 1943 erreichte "Mein Kampf" 10 Millionen Exemplare deutsche Auflage und es erschienen Übersetzungen in mehr als 14 Sprachen. Zur deutschen Auflage lässt sich vielleicht erklärend anmerken, dass bei Eheschließungen, Abschlussfeiern und anderen Anlässen "Mein Kampf" als Geschenk offiziell vergeben wurde. Die 10 Millionen können nicht als echte, an Interessenten, verkaufte Exemplare gezählt werden. Der meinen Eltern zur Hochzeit 1938 geschenkte Band ist ungelesen im Bombehagel in Berlin untergegangen.
[100] Kriegswirtschaftsverordnung vom 4. September 1939.
[101] Berichte von Zeitzeugen. Vergleiche auch Winkler hierzu, a. a. O.
[102] Vergleiche Fest, a. a. O.
[103] Die offene Förderung des ostelbischen Junkers hatte aufgehört, lief aber versteckt weiter (Sopade 1935: 231).
[104] BFBS-British Forces Broadcasting Service. Dieser Sender kann im Stationierungsbereich Britischer Nato-Truppen gut empfangen werden.
[105] Ähnliches berichtete der Vater des Autors, der am 1. und 2. Mai 1945 die Endkämpfe und Kapitulation in Berlin erlebte. "Die Hitlerjungen bekämpften die Sowjetpanzer mit der Flak im Erdkampf - wie auf dem Exerzierfeld. Unsere Bemerkungen zur aussichtslosen Lage wurden von den Hitlerjungen als Feigheit abgetan."
[106] Vergleiche Kapitel "Frauen im Nationalsozialismus".
[107] Zitat einer Fernsehsendung über das "Dritten Reich" entnommen. Quelle leider nicht weiter lokalisierbar.

Quellen- und Literatur

Arbeitsbuch (pers. Besitz)
Barth, Fritz. *Das Volkswagen –Sparen - ein Zeitdokument.* fritz.barth@miaula.de. 2012. 2012
denktag 2004. denktag-archiv.de/homes/26/hitlerzitate.html

Bergschicker, Heinz. *Deutsche Chronik 1933-1945. Bilder/Daten/Dokumente*. Berlin: Verlag der Nation, 51990.
Billstein, Aurel. *Fremdarbeiter in unserer Stadt*. Frankfurt am Main: Röderberg Verlag, 1980.
Brockhaus, Der Neue. Lexikon und Wörterbuch in fünf Bänden. Wiesbaden: F.A. Brockhaus Verlag, 1974.
Burnham, Colin. *Volkswagen Die Geschichte eines Klassikers*. Hamburg: XENOS Verlagsgesellschaft mbH.
Bussmann, Georg (Red.). *Kunst im 3. Reich*. Frankfurt am Main: Verlag Zweitausendeins,^{5}1981.
Bullock, Alan. *Hitler And Stalin Parallel Lives*. London: Harper Collins Publishers, 1991
Davidson, Eugene. *Wie war Hitler möglich?* Moewig Argumente. Moewig Band Nr. 3288. Rastatt: Verlag Arthur Moewig GmbH, 1987.
Deutscher Bundestag. *Stenographischer Bericht. 154. Sitzung*. Freitag, den 1. September 1989. Plenarprotokoll 11/154
Deutschland Berichte der Sozialdemokratischen Partei Deutschlands (Sopade). Jahrgänge 1934-1940 (=Anzahl der Bände). Frankfurt/Main: Verlag Petra Nettelbeck, Salzhausen. Vertrieb: Verlag 2001, Frankfurt/Main, 1980.
Deighton, Len. *Blitzkrieg. Von Hitlers Siegen bis zum Fall von Dünkirchen*. Augsburg: Weltbild Verlag GmbH, 1989.
Engehausen, Frank. *"Erst arbeitslos, dann Sklave des Fließbands"*. Rezension eines Buches von Hachlmann, R. Industriearbeit im Dritten Reich. Süddeutsche Zeitung. Nr. 233. Seite XXII. Stuttgart, 1989.
Fest, Joachim C.. *Hitler, Eine Biographie*. Frankfurt/Main: Verlag Ullstein GmbH, 2nd. ed. 1973.
Gesellschaft "Reichsautobahnen", Generalinspektor für das Deutsche Straßenwesen und Reichsminister für Volksaufklärung und Propaganda (Hrsg.). *Zwei Jahre Arbeit an der Reichsautobahn*. Berlin-W9: Volk und Reich Verlag GmbH, 1935.
Glaser, Hermann, von Pufendorf, Lutz, Schöneich, Michael. *So viel Anfang war nie*. Deutsche *Städte 1945-1949*. Berlin: Wolf Jobst Siedler Verlag GmbH, 1989.

Heydecker, Joe J., and Leeb, Johannes. *Der Nürnberger Prozess*. 2 vols. Köln: Verlag Kiepenheuer & Witsch, 1985.

Hofer, Walter. (Hrsg.) *Der Nationalsozialismus Dokumente 1933-1945*. Frankfurt am Main: Fischer Bücherei KG., 1957.

Holmsten, Georg. *Kriegsalltag 1939-1945 in Deutschland*. Düsseldorf: Droste Verlag GmbH, 1982. Sonderausgabe für Gondrom Verlag GmbH & Co. KG. Bindlach, 1989.

Horkheimer et al. *Wirtschaft, Recht und Staat im Nationalsozialismus*. Analysen des Instituts für Sozialforschung 1939-1942. Frankfurt am Main: Europäische Verlagsanstalt. Dubiel, Helmut und Söllner, Alfons. (Hrsg.), 1981.

http://de.wikipedia.org/wiki/*Lohnsteuerkarte*

http://de.wikipedia.org/wiki/ *Sozialpolitik im Nationalsozialismus*

https://joulupukki.wordppress.com/2008/06/25/*arbeitsbuch*

Janzen, Dörte. *"Zeittafel zu Frauen im Nationalsozialismus"* Landesregierung Nordrhein Westfalen. (Hrsg.) Geschichte auch für Mädchen. Dokumente und Berichte 11 der Ministerin für die Gleichstellung von Mann und Frau. Düsseldorf, Juni 1991.

Kempner, Robert M. W. (Hrsg.). *Der verpasste Nazi-Stop*, Preußische Denkschrift von 1930. Frankfurt/Main: Verlag Ullstein GmbH, 1983.

Klee, Ernst. >>*Die SA Jesu Christi*<<. Die Kirche im Bann Hitlers. Frankfurt am Main: Fischer Taschenbuch Verlag GmbH, 1988.

Köcheler, Anton. (Hrsg.) *Die Gebirgstrachten im oberen Allgäu*. Oberstdorf: Anton Köcheler, 1991.

Kogon, E. *Der SS-Staat, Das System der deutschen Konzentrationslager*. München: Kindler Verlag GmbH, 13th ed. 1988.

Lang von, Jochen. *Krieg der Bomber*. Dokumentation einer deutschen Katastrophe. Berlin: Ullstein Verlag GmbH, 1986

Lang von, Jochen. *Die Gestapo. Instrument des Terrors*. Hamburg: Rasch und Röhring Verlag, 1990.

Lanz, Peter. *Das große Käferbuch. Er läuft und läuft und läuft*. Bergisch Gladbach: Gustav Lübbe Verlag GmbH, 1985.

Ley, Robert. Reichsorganisationsleiter der NSDAP (Hrsg.). *Organisationsbuch der NSDAP*. München: Zentralverlag der NSDAP. Franz Eher Nachf. 1936.

Lorant, Stefan. *Sieg Heil, Eine deutsche Bildgeschichte von Bismarck zu Hitler*. Frankfurt/Main: Verlag 2001, 2nd ed. 1980.
Lucas, James. *World War Two through German Eyes*. London (U.K.): Arms & Armour Press Limited, Artillery House, Artillery Row, 1987.
Merglen, Albert. *Geschichte und Zukunft der Luftlandetruppen*. Freiburg: Verlag Rombach. 1980.
Meyer. *"Pakt mit dem Satan gegen den Teufel"*. Der Spiegel. Nr. 32, 43. Jhrg. 7. August 1989. Hamburg: 1989: 84-105
Model, Otto, Creifelds, Carl. *Staatsbürgertaschenbuch.* München: C.H. Beck`sche Verlagsbuchhandlung, 1987.
Mrazek, J. E. *Lautlos in den Kampf 1939-1945*, Der Luftlandekampf mit Lasten-, Kampf und Sturmseglern. Stuttgart: Motorbuch Verlag, 1982.
Office of Military Government for Germany (Hrsg.). *Ermittlung gegen die Deutsche Bank - 1946/1947* - . übersetzt und bearbeitet von der Dokumentationsstelle zur NS Politik, Hamburg. Nördlingen: Franz Greno, 1985: Sonderband
Öhquist, Johannes. *Das Reich des Führers*. Bonn: Ludwig Rohrscheid Verlag, 1941.
Overesch, Manfred. *Das III. Reich 1933-1939 und 1939-1945 (2 Bd.).* Augsburg: Lizenzausgabe Weltbild Verlag, 1991.
Picker, H. *Hitlers Tischgespräche im Führerhauptquartier.* Frankfurt/Main: Verlag Ullstein GmbH, 2nd ed. 1989.
Piekalkiewicz, Janusz. *Luftkrieg 1939-1945*. München: Wilhelm Heyne Verlag, 2/1978.
Plenk,Anton. Druckerei & Verlag KG (Hrsg.). *Der Obersalzberg im 3. Reich*. Berchtesgaden: Verlag Plenk, 1982.
Richter, G. *Unser Jahrhundert im Bild.* Gütersloh: C. Bertelsmann Verlag, 1964.
Rudnick, A. *Lehrbuch Politik, Teil 1.* Darmstadt: Winklers Verlag. Gebrüder Grimm, aä78.
"Rückblende" Vor 50 Jahren: "Kohlenklau" und "Eintopfsonntag" - Kriegswirtschaft in Deutschland. 3. Fernsehprogramme (WDR), Mittwoch, den 6. September 1989, 22.30h.

Ruhl, Klaus-Jörg. *Brauner Alltag*. Bindlach: Gondrom Verlag GmbH & C0. KG, 1990.

Ruthe, Walter. *Der Nationalsozialismus in seinen Programmpunkten, Organisationsformen und Aufbaumaßnahmen.* Reihe der nationalsozialistische Unterricht, Band 2. Frankfurt/Main: Verlag Moritz Diesterweg, 1937.

Schoenbaum, David. *Die braune Revolution*, Eine Sozialgeschichte des Dritten Reiches. Köln/Berlin: Kiepenheuer & Witsch, 1968.

Simoneit, Ferdinand. *"...mehr als der Tod". Die geopferte Jugend.* München: Universitas Verlag in F.A. Herbig Verlagsbuchhandlung GmbH, 1989

Sloniger, Jerry. *Die VW-Story*. Stuttgart: Motorbuch Verlag, 1981.

Schulze, Hagen. "*Der gescheiterte Frieden.* Der Versailler Vertrag und seine Wirkung auf das Denken und Verhalten der Menschen". Frankfurter Allgemeine Zeitung. Nr. 143. Samstag 24. Juni 1989. "Bilder und Zeiten" - Kulturteil. 1989.

Seidler, Franz. *Frauen zu den Waffen, Marketenderinnen, Helferinnen, Soldatinnen* - Geschichte und Bestandsaufnahme. Koblenz/Bonn: Verlag wehr & wissen, 1978.

Shirer, William L. *Aufstieg und Fall des Dritten Reiches*. 2 Bände. München/Zürich: Droemersche Verlagsanstalt Th. Knaur Nachf. 2nd ed. 1963.

Spoerl, Alexander. *Die braunen Dreissiger*. Serie Piper. München Zürich: R. Piper GmbH & Co. KG, 1988.

Struss, Dieter. *Das war 1933 - Fakten, Daten, Zahlen Schicksale*. München: Wilhelm Heyne Verlag, 2nd ed. 1980.

Taylor, Eric. *1000 Bomber auf Köln. Operation Millenium 1942*. Bindlach: Gondrom Verlag GmbH & Co. KG, 1990.

Ueberschär, Gerd R.; Müller, Rolf-Dieter. *Deutschland am Abgrund. Zusammenbruch und Untergang des Dritten Reiches 1945*. Konstanz: Verlag Südkurier GmbH, 1986.

Weinmann, Martin (Hrsg.). *Das nationalsozialistische Lagersystem*. Frankfurt am Main: Verlag Zweitausendundeins, 1990.

Winkler, Heinrich August. *"Wie konnte es zum 30. Januar kommen?"*. Bracher, Karl Dietrich et al. Der 30. Januar 1933 in Rheinland -

Westfalen - Lippe. Düsseldorf: Landeszentrale für politische Bildung, 1983.
Winkler, H. J. *Legenden um Hitler.* Berlin-Dahlem: Colloquium Verlag Otto H. Hess, 1961.
www.wissen.de/lexik*on/wir-haben-hitler-engagiert*
www.dra.de/rundfunkgeschichte/*75 jahreradio/us*
www. Wikipedia.de/wikipedia.org/wiki/*Reichsheimstättenamt*
WZ. Westdeutsche Zeitung. *Vor 70 Jahren: Die Stunde Null. „Es war eine ganz schlimme Zeit“*. 26.2.2015, Seite 24.
Westenrieder, Norbert. *"Deutsche Frauen und Mädchen!"*. Vom Alltagsleben 1933-1945. Düsseldorf: Droste Verlag, 1984.
Wörner, Hansjörg. *Rassenwahn-Entrechtung-Mord. Der Leidensweg der Juden 1933 - 1945.* Freiburg im Breisgau: Verlag Herder, 1981.
Wucher, Waldemar. *Vier Jahre Arbeit an den Straßen Adolf Hitlers.* Berlin-W9: Volk und Reich Verlag GmbH, 1937.
Wulf, Josef. *Kultur im Dritten Reich. (5 Bände)* Frankfurt/Main, Berlin: Verlag Ullstein GmbH, 1989
Zeit online. Geschichte. *Machtergreifung. Am Ziel.* Seite5/5, Unvermeidlich war diese Regierung nicht
Zentner, Christian, Dr. (verantwortlich). *Grosse Geschichte Des Dritten Reichs Und Des Zweiten Weltkriegs*. Vorgeschichte und Machtergreifung, 1919-1934.München/Köln: Naturalis Verlag, 1989
Zentner, Christian. *Illustrierte Geschichte des Dritten Reiches*. Eltville am Rhein: Bechtermünz Verlag GmbH., 1990.
---------------"*Sprechende Wellen, Das Radio als Instrument der Politik*". 3. Fernsehprogramm (WDR), Mittwoch, den 29. November 1989, 17.30 h.
---------------*Große Geschichte des Dritten Reichs und des Zweiten Weltkriegs* 1934-1939. München/Köln: Naturalis Verlag, 1989.
---------------*Handbuch des Deutschen Rundfunkhandels 1938/39*

Bildquellen

Arbeitsbuch - Privatbesitz

Persönliche Notizen